オウィディウス

恋の技術／恋の病の治療／女の化粧法

西洋古典叢書

凡例

一、翻訳にあたっては、ケニーの校訂本（E. J. Kenney, *P. Ovidi Nasonis Amores, Medicamina Faciei Femineae, Ars Amatoria, Remedia Amoris*, Oxford, 1961, rep. 1995）を底本として用い、可能な限りその読みを尊重した。

二、原文はエレゲイアの韻律で書かれており、その雰囲気を少しでも出すために、偶数行は一字落として訳出した。奇数行と偶数行の二行でカプレットを構成し、意味のまとまりがある。

三、固有名詞のカナ表記は次の原則に従った。

（1）ph, th, ch は p, t, c と同音に扱う。

（2）cc, pp, ss, tt は促音「ッ」で表わす。ただし、ll, rr は促音「ッ」を省く。

（3）ラテン語化されたギリシア語は原則としてギリシア語に戻し（例えば、「アポッロー」は「アポロン」に、「バックス」は「バッコス」に）、ラテン語はそのまま表記した。

（4）音引きはしない。ただし、慣例や語感などを考慮してこれに従わない場合もある（ムーサ、ローマなど）。

四、訳註は原文の理解に資するものをそのつど記した。脚註が見開き二頁で収まらない場合は、次頁に繰り越し、それでも収まらない場合は指示した頁に移した。『 』は書名を表わすが、著者名を記していない作品はオウィディウスの著作である。

五、脚註でギリシア神話の神々や英雄をローマ神話のそれらに相当するものと並記する場合、ギリシア語名の後の（　）にラテン語名を記した（アルテミス（ディアナ）など）。また、逆にローマ神話の神々や英雄をギリシア神話のそれらに相当するものと並記する場合、ラテン語名の後の（　）にギリシア語名を記した（ウェヌス（アプロディテ）など）。

六、訳文欄外下部の漢数字は行番号を示す。ただし、翻訳という性格上、原文行との厳密な対応は期しがたく、あくまでもこれは目安である。

目次

恋の技術／恋の病の治療／女の化粧法

木村健治 訳

恋の技術

第一巻

もしローマの人びとの中で恋の技術を知らない者がいれば、
この詩を読み、読んで知識を得た上で恋するがよい。
船は技術によって帆と櫂で速く進むし、
戦車も技術によって軽やかに進む。恋も技術で導かれるべきなのだ。
アウトメドン[1]は戦車のしなやかな手綱さばきに秀でていたし、
ハイモニア[2]のティピュス[3]は船の船長だった。
ウェヌスさまは優美なアモル[4]の職人として私を任じてくださった。
私はアモルのティピュスあるいはアウトメドンと呼ばれよう。
なるほどアモルは粗暴で私にしばしば刃向かう者。
でも、彼は少年だし、柔軟な、そして、こちらの指図に従う年頃だ。
ピリュラ[5]の息子ケイロン[6]は少年アキレウスを竪琴に習熟させ、

(1)アキレウスの、その死後は彼の子ネオプトレモスの戦車の御者。巧みな御者の代名詞となっている。

(2)テッサリアの詩的名称。

(3)アルゴ船の舵取り。イアソンを長としてテッサリアから黒海沿岸のコルキスまでアルゴ船に乗って遠征した英雄の一人。

(4)愛神(「愛」を意味する普通名詞が神格化された)。クピドとも呼ばれ、ギリシアのエロスにあたる。ローマでは少年の姿であらわされ、松明と弓矢を武器として、人間を恋に陥らせる。

(5)オケアノスの娘でケイロンの母。

(6)ケンタウロス族の一人。クロノスとピリュラの子。賢明で、音楽・医術・運動競技・予言に秀でていて、アキレウス、アス

猛々しい気性を竪琴演奏の穏やかな技術で打ち砕いた。
何度も仲間を、何度も敵を恐れさせたアキレウスも
　この老いの齢を重ねた老人には恐れおののいたと信じられている。
師が要求すると、ヘクトルがのちに思い知ることになる手を
　アキレウスは命じられるままに鞭の下に差し出した。
ケイロンはアイアコスの孫アキレウスの師、私はアモルの師。
　アキレウスもアモルも粗暴な少年、両方とも女神から(7)生まれた。
だがしかし、雄牛の首には犂の重荷がのるし、
　血気盛んな馬の馬勒は歯でこすられる。
アモルも私には譲るだろう、弓で私の胸を傷つけようとも、
　松明を振り回し、振りかざそうとも。
アモルが私の胸を突き刺せば突き刺すほど、私の胸を焦がせば
　焦がすほど、私は受けた傷のよりよき復讐者となるだろう。
アポロンよ、私はあなたに技を授けられたなどと嘘は言うまい、
　空飛ぶ鳥の声に指示を仰いだということもないし、
クリオ(8)とクリオの姉妹が私に現われるということもなかった、
　アスクラ(9)よ、お前の谷でヘシオドス(10)のように羊の番をしていたのに。

クレピオス、イアソンたちの師であった。

(7) アキレウスは海の女神テティスの子であり、アモルはウェヌスの子である。

(8) 詩女神（ムーサ）九柱の一人。ギリシア神話ではクレイオ。

(9) ボイオティアのヘリコン山麓の寒村。詩人ヘシオドスの生地。

(10) アスクラ出身のギリシアの叙事詩人（前八世紀頃）。

経験がこの作品を動かしている。経験ある詩人の言葉に従うがよい。
　真実を歌おう。アモルの母よ、私の企てに助けの手を差し伸べたまえ。
離れるがよい、細い飾り紐(1)よ、恥を知る心の印よ、
　脚の半ばを隠す衣装の長い縁飾り(2)も。
私は歌おう、身の危険のない愛の交わりと、許された密かな恋を、
　そして、私の歌にはなんの罪もないだろう。

まず愛したいと思う相手を見つけるよう努めよ、
　今初めて君は新しい戦いに兵士として挑んでいる。
次になすべきは気に入った女性を口説き落とすことだ。
　三番目には恋が長時間続くようにすること。
これが限界点であり、私の戦車はこの競争路に轍を刻むことになる。
　これこそ私の戦車が全速力で疾走して突進する標柱である。

手綱をゆるめて自由にどこへでも行ける間に、
　「君だけが好きだ」と言える相手を選ぶがよい。
彼女がそよ風に乗って空から落下してくることはないだろう。

(1) 良家の婦人が髪に巻いたリボン状の紐。
(2) 貞淑な家庭婦人の服装。
(3) ユッピテルとダナエの息子。メドゥサを退治し、のちにアンドロメダを海の怪物から救って妻とした。

君の目にかなった女性は自分で探さなければいけない。
狩人は鹿を捕まえるにはどこに網を張ればよいかをよく知っているし、
　歯ぎしりする猪がどの谷間に潜んでいるかをよく知っている。
鳥刺しは低木をよく知っているし、釣り針を仕掛ける者は
　どちらの水に多くの魚が泳いでいるかをよく知っている。
永続きする恋の相手を求める君もまた
　どこに女たちが群れ集まるかを知るがよい。
私は君が探し求めるのに出帆せよとは言わないし、
　発見するのに長旅が必要だとも言わない。
ペルセウス[3]はアンドロメダを肌黒きインド人[4]の所から連れてきたし、
　ギリシアの女[5]がプリュギアの男[6]に拉致されたこともあったが、
ローマは君に美女を多数提供してくれるだろうから、
「世界中のどんなものもローマにはある」と言ってしまうことになる。
ガルガラ[7]の収穫と同じだけの、メテュムナ[8]の葡萄の房と同じだけの、
　海の魚と同じだけの、葉陰に潜む鳥と同じだけの、
空の星と同じだけの、数多くの女たちが君の住むローマにはいるのだ。
アイネイアス[9]の母上[10]は今も息子の住む都に住んでおられる。

(4)実際にはアンドロメダはエティオピアの王女。エティオピアとインドはよく混同されていた。
(5)ヘレネのこと。スパルタ王メネラオスの妃。トロイアの王子パリスに奪われ、その妻となる。
(6)パリスのこと。トロイア王プリアモスとその妃ヘカベの息子。プリュギア＝トロイア。
(7)トロイアのイダ山の峰の一つであり、その山麓の地。穀物を豊かに産出。
(8)レスボス島にある町。葡萄酒の名産地。
(9)ウェヌスとアンキセスの息子でトロイアの勇士。トロイア落城後、イタリアに渡る。ローマ市の建設者とされるロムルスの祖先。
(10)女神ウェヌス。

まだ育ち盛りの若い少女に君が心奪われるなら、
　君の眼の前に本物の乙女が姿をあらわすだろう。
若い娘が好みだとしたら、千人もの娘が君を喜ばしてくれ、その挙句
　君はどれを選べばよいのか分からなくなり途方にくれることになる。
それともひょっとして経験を積んだ年増の女がお好みなら、
　こちらもまた――信じたまえ――もっと多く群れをなしているだろう。
君はただポンペイウスの(1)柱廊の陰でぶらぶら歩き回るだけでよい、
　太陽がヘラクレスの獅子座の背に近づく頃には。
あるいは、息子の寄贈した建物にその母親(2)が
　さらに寄贈を付け加えたところ、外国の大理石で豪勢な建物のあたり。
また、避けてはいけないのは、昔の絵があちらこちらに掛けられている
　リウィア(3)の柱廊（創建者の名前がつけられている）、
また、哀れな従兄弟たちにダナオス(4)の娘たちが殺害を企て、
　これに荒々しく父親が剣を抜いて立っている柱廊も。
また無視してならぬのはウェヌスを嘆き悲しませたアドニス(5)の祭日と、
　シリアのユダヤ人が聖なるものとして崇める七日目の日(6)。

(1) グナエウス・ポンペイウスが、前五五年、カンプス・マルティウスに建てた柱廊。
(2) アウグストゥスの姉オクタウィア。「オクタウィアの柱廊」のこと。
(3) アウグストゥスの妃。
(4)「ダナオスの娘たちの柱廊」。ダナオスの五十人の娘たちは五十人の従兄弟との結婚を強いられ、初夜の床で花婿を殺せと命じられた。その彫像がこの柱廊に建てられていた。
(5) キュプロス王キニュラスとその娘ミュラとの近親相姦から生まれた美少年。ウェヌス（アプロディテ）の恋人となるが、狩りの最中に野猪に突かれて死んだ。
(6) 安息日。前六三年、ポンペイウスのエルサレム占領後、多くのユダヤ人が捕虜としてロー

麻の衣をまとった若い牝牛像のあるメンピス[7]の神殿も避けるなかれ。
　女神[8]は自らがユッピテルにされたことを大勢の女たちにさせている。
法廷[9]でさえ――誰が信じられようか――恋にふさわしいところである。
　騒々しい法廷でもしばしば恋の炎が見つかるものだ。
大理石で造られたウェヌス神殿の裾で
　ニンフのアッピアス像が噴水[10]を勢いよく空中に放っているところ、
そこでしばしば弁護人が恋の虜となり、
　他人には注意を払っている者が自分自身への注意を怠ってしまう。
そこでしばしば雄弁な者が言葉を失ってしまい、
　新しい訴訟が起こり、自分の訴訟もしなければならなくなる。
ウェヌスは隣の神殿からこれを見て笑っている。最近まで
　弁護人だった者が、今では弁護依頼人になりたがっているので。
しかし、君は特に円形劇場で狩りをしなければならぬ。
　ここそ君の願いにもっと豊かに報いてくれるところだから。
そこに君は発見するだろう、恋の相手、遊びの相手、
　一度だけ手を出したいと思う相手、関係を続けたいと思う相手を。

マに連れてこられ、その後、自由を得てローマに留まることになった。カエサルもアウグストゥスも彼らを厚遇した。

（7）メンピスはエジプトの町であり、「メンピスの神殿」とは、「イシス女神の神殿」のこと。本来エジプトの神であるイシスは前一世紀頃ローマに伝わり、その崇拝が盛んになった。

（8）イシスはギリシア神話のイオ（ゼウスに愛され、嫉妬したゼウスの妃ヘラの眼を逃れるために牝牛に姿を変えられた）と同一視されることになった。

（9）ローマの中央広場（フォルム）は、裁判、政治、経済の中心地であった。

（10）噴水「アクア・アッピア」（監察官アッピウス・クラウディウスが引いた水道の水を利用した）。

ちょうど蟻が群れをなして長い列で行ったり来たりして
　穀物一杯の口でいつもの食物を運ぶように、
また、ちょうど蜂が自分の林と香りのよい牧草地に到着し、
　さまざまな花とタチジャコウソウの上を飛び回るように、
そのように、洗練された女が人で一杯の芝居小屋に殺到する。
　数の多さに私の判断もつい遅くなってしまうことがしばしばだった。
彼女たちが来ているのは見るためだが、自身が見られるためでもある。
　ここは汚れなき貞節が害を被るところである。
ロムルス[1]よ、貴殿が最初に芝居を混乱に陥れたのだ、
　略奪されたサビニ族の女たち[2]が配偶者のない男を慰めたあの時だ。
当時大理石の劇場には日よけの帆布もかかっていなかったし、
　舞台がサフランの香水で真っ赤になることもなかった。
そこには葉の繁ったパラティウムの丘の木の枝が
　無造作に置かれているだけで、舞台には何の飾りもなかった。
人々は芝生の階段に座り、日よけに
　ありあわせの木の葉でもじゃもじゃの髪の毛を覆うだけだった。
男はそれぞれあたりを見回し、好みの女を目にとめて、

(1) ローマの建設者で初代の王。
(2)「サビニの女たちの略奪」。ロムルスはローマの人口の増加を図るべく、祭礼競技に近隣のサビニ族を招き、その女たちを略奪した。

胸に秘めてあれこれと思案する。
エトルリアの笛吹きが雑な調べを吹き流し、
　役者が平らにされた地面を三度踏みならし(3)、
拍手のまったただ中で――当時の拍手は粗雑なものだった――、
　王は人々に待ちに待った略奪の合図をおくった。
たちまち、彼らは叫び声をあげて、はやる気持ちを表わし飛び出して、
　情欲に満ちた手を乙女たちにかけた。
鳥の中でも最も臆病な鳩の群れが鷲から逃げるように、
　幼い仔羊が狼を一目見るなり逃げ出すように、
そのように、乙女たちは荒々しく襲いかかってくる男たちにおびえた。
　先ほどまであった顔の色も乙女の誰にももう残っていなかった。
女たちの恐怖は一様だったが、恐怖の様相は一様ではなかった。
　ある者は髪の毛をかきむしり、ある者は放心状態で座り込んでいる。
またある者は悲しみに沈み押し黙り、ある者はむなしく母を呼び続ける。
　嘆く者もいれば呆然としている者も、留まる者もいれば逃げ出す者も。
娘たちは婚姻の床への獲物として連れ去られ、
　おののく姿が多くの娘たちにかえって魅力を加える力をもっていた。

(3) 三拍子の儀式的な踊り。

あまりにも激しく抵抗し、同伴を拒絶する娘がいると、
　男は情欲をおさえられない胸に娘を抱き上げ連れ去る際に、
「どうして優しい目を涙で台無しにするのかい、おまえの
　父さんと母さんの関係に俺とおまえはなるだけなのに」と言った。
ロムルスよ、貴殿だけだ、兵士たちに恩賞を与える術を知っていたのは。
　私にこれをくださるのなら、私も兵士になろう。
まことにこの古来の風習によって、劇場は
　美しい女には今なお危険が潜んでいる場所なのである。

駿馬の競う戦車競走も見逃してはいけない。
　収容能力の高い円形競技場[1]には多くの好機がある。
秘密の話をするのに指を立てる必要はないし、
　うなずき返して合図を受ける必要もない。
誰にも邪魔されずに女性の隣に座るがよい、
　できる限り近づいて君の腰をお隣にくっつけるのだ。
幸い、嫌でも、席の列がくっつかざるをえないし、
　場所のならわしで、君は女性に触れざるをえないのだから。

（1）「キルクス・マクシムス」で行なわれる戦車競走。

ここでくだけた会話の糸口を君は求めるがよい、
　そして月並みな言葉で口火を切るように。
誰の馬が入ってくるのかと熱心に尋ね、
　そして間髪入れず、誰であれ彼女が応援している馬を自分も応援する。
一群の象牙で作られた神像(2)が行列をなして進んできたら、
　君としては守護女神ウェヌス様にひいきの拍手を送るがよい。
よくあることだが、たまたま女性の膝に埃が
　落ちたら、指で払ってあげなくちゃいけない。
たとえ埃がなくっても、埃を払うふりをしておけ。
　なんであれ、君が彼女に尽くすのに都合のいい口実を見つけるのだ。
もし彼女の外套が垂れ下がって地面についているなら、
　つまみあげて、注意深く汚い地面からもちあげるがよい。
たちまち君がやさしくしているご褒美として女性は黙認してくれる、
　君の目に脚がちらっと見えることを。
それから見回して君たちの後ろに座っている者が誰であれ、そいつが
　膝を彼女の柔らかな背中に押しつけてやしないかを確認すること。
些細なことが浮ついた心を捕らえる。多くの男に有効だと思われている

（2）競争に先立ち、神々の像が行列をなしてキルクスをまわる習慣になっていた。

ことに、気さくに手を動かして彼女の敷物を直してやることがある。
また、役に立つのは、薄い板で風を送ってやったり、
きゃしゃな足の下にくぼんだ足台を置いてやること。

新たな愛の糸口を提供してくれるはずの場所は、競技場と、
凄惨な砂がまかれる[1]、にぎやかな中央広場[2]である。
その砂のまかれた闘技場でウェヌスの息子アモルはしばしば闘い、
剣闘士の傷を見た者が傷を受けることになる。
話をし、彼女の手に触れたり、プログラムをみせてもらったり、
賭けをしてどちらが勝つかなどと尋ねているうちに、
本人が傷つき、うめき声を発し、飛んできたアモルの矢を感じて、
自らが見物している闘技の一員となってしまう。

どうであったか、最近カエサル[3]が模擬海戦[4]で
ペルシア軍とケクロプスの末裔[5]との軍船を披露されたときは。
もちろん、東の海から、西の海から、若者たちが、また若い娘たちが
やってきて、都に巨大世界が誕生した。

(1) 地面を平らにするためと流血を吸収するために砂がまかれた。
(2) 剣闘士の試合が時々ここで催された。
(3) アウグストゥス。
(4) 前二年、アウグストゥスはヤニクルムの丘の麓、ティベリス川右岸に人工湖をつくり、そこでサラミスの海戦を再現した大規模な模擬海戦を催した。この場所はのちにネロなどにも模擬海戦に使われたことが知られている。
(5) アテナイ人。

この群衆の中で愛する相手を見つけられなかった者がいるだろうか。
　ああ、どれほど多くの男たちを異国の女との恋が苦しめたことか。
見よ、[6]カエサル[7]は世界で征服し残した部分を領土に付け加えようと
　準備している。[8]東方の最果てよ、汝もわれらのものとなるだろう。
パルティア人[9]よ、汝は処罰を受ける。埋葬されたクラッスス父子[10]よ、
　喜べ、さらに、蛮族の暴力を受け屈辱を味わった軍の標章も。
仇を討つ者が近づいている。彼[11]は歳こそ若いが自ら指揮官であることを
　公言し、若輩ながら若輩では遂行できない戦を行なう。
臆病者たちよ、神々の年齢を数えることをやめよ、
　カエサル一門にはその年齢よりも前に武人の徳が備わっているのだ。
天賦の才がその年齢よりも早く発揮され、
　逡巡しているところから生じる損失に甘んじたりはしない。
ヘラクレスは赤児のときに二匹の蛇を両手で
　押しつぶし、揺りかごの中で既にユッピテルにも匹敵するほどだった。
今もなお若いが、バッコス[12]よ、あの時おんみはおいくつだったのか、
　インドが征服されて、おんみの霊杖に恐れをなしたあの時には。

(6) 一七七から二一八行まではこの詩の主題からはずれ、アウグストゥス体制への讃辞となっている。
(7) アウグストゥス。
(8) アウグストゥスの娘ユリアとアグリッパとの間に生まれたガイウス・カエサルがパルティア遠征に出かけようとしていた。
(9) カスピ海の南東部の国。
(10) 前五三年、カラエの戦いでローマ軍はパルティア軍に敗北し、クラッスス父子は殺された。このときローマ軍は軍旗に相当する銅製の軍の標章を奪われたが、前二〇年アウグストゥスが奪還した。
(11) ガイウス・カエサル。当時一二歳。
(12) ディオニュソスのこと。

青年ガイウス・カエサルよ、おんみは父君譲りの権威と経験知で戦を
　進め、父君譲りの権威と経験知で勝利を収めるだろう。
かくも偉大なる名前の下での、これこそおんみの初陣となるはずのものの、
　今は青年の第一人者、そしていつの日か年長者の第一人者となる。
おんみには兄弟がいるのだから、傷ついた兄弟の復讐をするがよい。
おんみには父君(1)がいるのだから、父君の権利を護ってくれたまえ。
祖国の父たるおんみの父君はおんみに武器をつけさせた。
　敵は父君からその意に反して王国を奪う。
おんみは孝心の投げ槍をもち、敵は非道の矢をもつだろう。
　正義と公正がおんみの旗幟を守るために立つだろう。
パルティア人は大義名分において敗れているし、戦いでも敗れるがよい。
　わが将軍はラティウムに東方の富を付け加えたまわんことを。
父なるマルスよ、父なるカエサルよ、出陣する者に神能を与えたまえ。
おんみらのうち一人は神であり、もう一人はいずれ神となるのだから。
私は予言する、見よ、勝利はおんみのものになるだろう。そして私は
　奉納歌を捧げ、大きな声でおんみを称えることになるだろう。
おんみは立ち上がり、私の言葉で軍隊を激励してほしい。

(1)アウグストゥスは孫のガイウスを養子とした。

（ああ、私の言葉がおんみの士気を欠いていることなきように）。
私は歌おう、背走するパルティア人と、胸を張って進むローマ軍を、
　退却する馬上より敵の放つ矢を。
勝利のために逃げるパルティア人よ、敗者になったら何を残すのか？
　パルティア人よ、すでにはや汝の武運は凶と出ている。

それゆえ、ものある中でもっとも美しき方(2)よ、その日が来るだろう、
　雪のように白い馬の四頭立てでおんみが金色の衣装をまとい進む日が。
その前を進むのは首に重い鎖を巻き付けられた敵将たち、
　もはや以前のように逃亡により身の安全を図れぬままに。
若者たちは女の子たちとともに喜々として見物することだろう、
　その日はすべての人々の気持ちを喜びで和ますことだろう。
そして敗れた王たちの名前を見物人の中の誰か女の子が訊いてきたり、
　運ばれてゆく標識がどの土地、どの山、どの川を表わしているのかと
問われたら、訊かれたことだけでなく、すべてを答えるがよい。
　たとえ知らなくとも、よく知っているかのように話すのだ。

（2）ガイウス・カエサル。

こちらの額に葦を巻き付けているのはエウプラテス川[1]だ、
　藍色の髪の毛を垂らしているのがティグリス川のはず。
これはアルメニア人、こちらはダナエの末裔たるペルシア人。
　あれはアカイメネス王にゆかりのあるペルシアの谷にあった町だ。
あれとかあれは敵の将軍だ。君が言える名前もあるだろう、
　できるなら正しい名を、できなければ適当な名前を言っておけ。

食卓の用意が調った宴会もまた機会を与えてくれる。
　葡萄酒のほかにそこから君が求めているものがあるからだ。
よくあることだが、赤ら顔のアモルがしなやかな腕をまわして、
　宴席についている酒神バッコスの角を引き寄せ押さえつけ、
葡萄酒がクピドの染みこみやすい翼にふりかかると、
　クピドは留まり、自分がおさえた席にどっかりと座る。
だが、彼は濡れた翼をすばやく振り払うものの、
　人の胸に恋心を振りまき傷つける。
葡萄酒は恋心をたきつけ、男どもを情熱にふさわしい者に仕立て上げる。
　生の葡萄酒をたっぷり飲めば、憂いは去り、雲散霧消してしまう。

(1) ユーフラテス川。

すると、笑いが生まれ、そこで貧しき者は大胆になり、
　そこで悲しみも憂いも額のしわも消えてなくなる。
すると、われわれの時代には極めて稀な素朴さが心を開き、
　酒神がさまざまな策略を払いのけてくれる。
こういうところで女の子たちはしばしば若者の心を奪い、
　酒中のウェヌスは火中の火となったのである。
こんなときに人を欺く灯火を信用するなかれ。
　美しさの判定に夜と酒は妨げとなる。
パリスは白昼明るい空の下、女神たちを見てから、ウェヌスに「おんみは
　他の女神より美しさにおいてまさっておられる」と言った。(2)
夜には欠陥も隠れ、あらゆる欠点が見逃される。
　その時間帯はどんな女をも美女にする。
宝石についても、紫色に染めた毛織物についても、相談するのは
　昼の光。女の顔と体についても昼の光と相談したまえ。
女たちが集まってきて、女漁りにふさわしい場所を、どうして君に
　数え上げる必要があろう？　砂浜の砂も私の数え上げる数には負ける。

(2)「パリスの審判」。トロイアの王子パリスが審判をゼウスに命じられ、ヘラ、アテネ、アプロディテ（ウェヌス）の三女神のうちで誰が一番の美女かを判定することになり、アプロディテが美女ヘレネをパリスに与えると約束したため、パリスはアプロディテを世界一の美女と判定した。

言うには及ぶまい、バイアエ[1]とバイアエを縁取る海岸のことを、
　熱い硫黄が湯気を立てている温泉のことを。
恋の痛手を受けた者がここから戻ってきて、こう言った、
「ここの湯は噂に聞くほどには効かなかった」と。
されば見るがよい、ローマ近郊にあるディアナの森深き神殿[2]と
　剣と罪ある手で獲得された神域[3]を。
ディアナは処女神であり、クピドの矢を嫌っているので、
　これまで人々に多くの傷を与えてきたし、これからも与えるだろう。

ここまでは愛の対象をどこで選べばよいか、どこに網を張ればいいかを、
　不揃いの二輪戦車[4]に乗る詩女神タレイア[5]が教えてくれた。
今度は気に入った女をどういう技でつかまえるべきかという、
　特別な技術の必要な仕事を君に話すことにしよう。
男たちよ、誰であれ、どこにいようとも、すなおな気持ちを向け、
　人々よ、私の約束に好意を寄せて聞いてもらいたい。
まず君の心に自信をもつようにすることだ、すべての女がきっと

(1) カンパニアのナポリ湾の北岸にある保養地。温泉で有名。
(2) ローマ近郊アッピア街道沿いにあったディアナ・ネモレンシスの神殿。男女の密会の場所としてよく利用されていた。
(3) 逃亡奴隷が先任者を殺してこの神殿の神官の地位に就くことになっていた。
(4) 六歩格詩形（ヘクサメトロス）と五歩格詩形（ペンタメトロス）を交互に用いるエレゲイア詩形のたとえ。
(5) 詩女神（ムーサ）九柱の一人。喜劇を司ることになっているが、ここでは特にその意味はない。

つかまるのだ、との。網を張りさえすればつかまえることができる。
春に鳥が、夏に蟬が黙り、
マイナロス犬(6)は兎に背を向けて逃げ出すだろう、
女が若者に甘い言葉で言い寄られて拒絶するということがあれば。
嫌がっていると思われる女も、その実は、望んでいるのだ。
男にとっても、女にとっても、人目を忍ぶ恋は嬉しいもの。
男は隠し方が下手だが、女は愛欲の隠し方が上手である。
われわれ男のほうで女より先に言い寄らないと協定を結んでおれば、
女のほうが先に折れて、男に声を掛ける役割を果たすだろう。
やわらかな草地では牝牛が牡牛にもーと鳴くし、
雌馬のほうがひづめのある雄馬に向かっていななくのが常である。
われわれ男の欲情はひかえめでそれほど狂おしいものではない。
男の恋の炎にはしかるべき限度がある。
ビュブリス(7)のことを言うには及ぶまい。彼女は禁じられた兄への恋に
身を焦がし、りりしくも縊れて自らの罪をあがなった。
ミュラ(8)は娘としてはあってはならない仕方で父を愛した。
そして今は樹皮に包まれ押し込められて隠れている。

(6)アルカディアの山脈マイナロスの猟犬。

(7)イオニアのミレトスの建設者ミレトスの娘。双生の兄弟カウノスに恋したが拒まれて縊死した。『変身物語』第九巻四四七—六六五行に詳しい。

(8)キュプロス王キニュラスの娘。父キニュラスに恋をして、近親相姦の結果、アドニスを生んだ。父に追われて逃げる途中神に祈って没薬の樹(ミュラ)に変身した。八頁註(5)参照。『変身物語』第十巻二九八—五〇二行参照。

芳香を放つ樹から流れ出る彼女の涙を、われわれは
　香油として体に塗っており、その樹液は主人の名を留めている。

森深きイダ山の蔭なす谷間に、たまたま
　群の誉れたる白き牡牛がいた。
角と角の間に小さな黒い点があり、
それだけがただひとつのしみで、ほかは乳白色だった。
この牡牛をクノッソス[1]の牝牛もキュドニア[2]の牝牛も
　自分の背に乗ってほしいと願っていた。
パシパエ[3]は牡牛の愛人になることを喜び、
　美しい牝牛たちを嫉妬のあまり憎んでいた。
私が歌うのはよく知られていることだ。このことを、百の町を擁する
　クレタ島は、どれほど嘘つきの地[4]であるとしても否定はできない。
パシパエは自ら若葉やこの上なくやわらかい牧草を牡牛のために
　慣れぬ手で摘んでやったと伝えられている。
彼女は牛の群について行く、夫への気遣いが進みを遅らせることはない。
　夫であるミノス王は牛に負けたのだ。

（1）クレタ島北岸の古都。
（2）クレタ島北西岸の港町。
（3）クレタ王ミノスの妻。ミノスが海神ポセイドンとの約束を破ったため、怒った海神はパシパエが贈られた牡牛に恋心を抱くように仕向けた。パシパエは工匠ダイダロスに作らせた偽の牝牛に身をひそませて牡牛とまじわり、牛頭人身の怪物ミノタウロスを産んだ。
（4）古代世界ではクレタ人は嘘つきだという悪名が高く、「クレタ人はいつも嘘つきだ」（エピメニデス）は諺のようになっていた。

パシパエよ、そなたは高価な衣装をまとう必要がどこにある？
　そなたのあの姦夫は人間の富など分かりはしない。
山に住む牛の群を追っていくそなたに鏡をもっていく必要がどこにある？
　愚かな女よ、どうして何度も髪の毛を整えるのだ？　でも
鏡は信用せよ、鏡はそなたが牝牛でないことを教えてくれるのだから。
　そなたは額に角が生えたらいいのにとどれほど願ったことか！
もしミノスを愛しているならば、浮気相手など求めてはいけない、
　亭主をだましたければ、牛ではなくて人間の男を相手にするがよい。
王妃パシパエは夫婦の臥所をあとにして、森の小道へ進んでいく、
　まるでアオニア(5)の神バッコスにとりつかれた女のように。
ああ、何度彼女は不機嫌な顔をして牝牛を見ては
　言ったことか、「どうしてあれが私の主人の気に入っているのかしら？
ご覧、あの牝牛が主人の前でやわらかな草の上をはねまわっているのを。
　きっとあの馬鹿牛は自分が格好いいと思っているに違いない！」。
彼女はそう言って、すぐさま命じた、大きな群の中から引きずり出し、
　罪もないその牝牛を曲がった軛の下に引き入れよと、
また、犠牲式を装って祭壇の前で殺させて

(5) ボイオティア。

喜びの手で恋敵の内臓をつかんだのだった。
彼女は恋敵の牝牛たちを殺して神意をなだめるたびに、
　内臓を手にして言った、「さあ、私の好きな人を喜ばせるがよい」。
エウロペ[1]になりたいと願うかと思うと、今度はイオ[2]になりたいと願う、
　イオは牛にされたし、エウロペは牛の背で運ばれたからだ。
だが、楓の木で作られた牝牛[3]の姿に騙されて、彼女をはらませたのは
　群の長たる牡牛で、子供[4]が生まれて父親であることがばれた。
クレタ島の女[5]もテュエステスへの恋を慎んでいたなら、
(一人の男に胸を燃やし続けるということは女にとってむつかしい[6])
ポイボス[7]は運行を中断して車を戻し
　馬をかえしてアウロラ[8]のほうに向かうこともなかったろう。
ニソス[9]から赤紫色の髪を盗んだ娘スキュラは
　陰部と両脚の間に凶暴な犬を挟みつけている[10]。
地上ではマルス[11]から、海上ではネプトゥヌス[12]から逃れた
　アトレウスの子[13]は妻の無惨な犠牲者となってしまった。
嘆かぬ者がいただろうか、炎に包まれたコリントスの王女クレウサ[14]の

(1)テュロスの王アゲノルの娘。侍女たちと海辺で戯れていた彼女のところへ、ゼウスは白い牡牛の姿となって近づき、彼女がその背に乗るやいなや、海を渡りクレタ島に上陸した。クレタ島でゼウスと交わり、ミノスを産んだ。
(2)アルゴスのヘラの女神官。ゼウスと交わる。ゼウスは妻ヘラの怒りを恐れてイオを牝牛に変身させる。ヘラはアブを送って彼女を苦しめ、彼女は世界をさまよい歩く。
(3)ダイダロスが作り、パシパエをその中に入れた。
(4)ミノタウロス。
(5)クレタ島の王ミノスの王女アエロペ。ミュケナイの王アトレウスの妃となり、アガメムノンとメネラオスの母となる。義弟のテュエステスと密通し、ア

トレウスによって海に投ぜられた。アトレウスはテュエステスの三人の子供を、彼らがゼウスの祭壇に逃れて命乞いをしたにもかかわらず、殺害し、八つ裂きにして煮てテュエステスにその肉を食べさせた。このあさましい行ないに太陽神は逆行し東に沈んだといわれている。

(6)校訂本の読みをとらない。 et quantum est uni posse placere uiro!

(7)太陽神アポロン。

(8)暁の女神。東のこと。

(9)メガラの王。頭の真ん中に紫色の毛が一本あり、これを抜かれれば死ぬとの神託があった。彼の娘スキュラはメガラを包囲しているクレタ王ミノスに恋して、その毛を抜き取ったため、彼は死に、メガラは陥落した。その後、スキュラはミノスに溺死させられた。

(10)これは、ニソスの娘のスキュラ(『変身物語』第八巻六—一五一行)と同名の海の怪物(『変身物語』第十三巻八九八行以下)をオウィディウスが混同したものと考えられる。

(11)軍神。ギリシア神話のアレスに相当する。

(12)海神。ギリシア神話のポセイドンに相当する。

(13)アガメムノン。帰国後、妃クリュタイムネストラに殺された。妃は夫の留守中にテュエステスの子アイギストスと密通していた。

(14)コリントス王クレオンの娘。アルゴ船の遠征から引き上げてコリントスに亡命中であったイアソンの妻になるはずであったが、これに嫉妬したイアソンの妻メデイアに毒を塗った衣装を贈られ、衣装が発火し、焼死した。

ことを、また、わが子を殺して血まみれとなった母メデイアのことを。
アミュントル[1]の息子ポイニクスは、うつろになった眼で泣き、
　凶暴な馬よ、おまえたちはヒッポリュトス[2]をずたずたにしたのだ。
ピネウス[3]よ、どうしてそなたは罪なき先妻の子の眼をえぐり出すのか?
　そのような罪の報いはほかならぬそなたの頭上にふりかかってくる。
こういったことはすべて女の欲情によってひきおこされるものだ。
　女の欲情はわれわれのそれよりも烈しく、さらに狂乱の様相を呈する。
それゆえ、さあ、どんな女も望んでいるということを疑うことなかれ。
　多くの女の中で君に向かっていやと言う女はまず一人もいないだろう。
身を許すにせよ、許さぬにせよ、求められたことがうれしいのだ。
　君の見込みが間違っていたとしても、拒絶は安全圏内である。
しかし、どうして見込みが間違っていよう、新たな快楽は喜ばしいし、
　自分のものよりも他人のもののほうが一層心をとらえるのだから。
他人の畑の穀物のほうが自分のよりはさらに豊穣なのが常だし、
　隣の家畜のほうがより大きな乳房をもっているものだ。
だがその前に、ものにすると決めた女の小間使いを知るように

(1)ボイオティアのエレオンの王。自分の愛妾と息子ポイニクスのあいだを疑い、息子を呪って盲目にした。
(2)アテナイ王テセウスとアマゾンのヒッポリュテとのあいだに生まれた子。アルテミスを崇拝し、狩猟に熱中し、アプロディテを嫌っていたために、アプロディテの怒りを買い、テセウスの妻となった義母パイドラの道ならぬ恋の対象となる。愛を拒まれたパイドラはヒッポリュトスを讒訴する手紙を残して自殺する。テセウスはこれを信じ、ポセイドンに息子の死を願う。ポセイドンはトロイゼンの海岸で戦車を駆っているヒッポリュトスに海から怪物を送り、驚いた馬はヒッポリュトスを戦車から落とし、彼は馬に引かれて死ぬ。エウリピデスの『ヒッ

心がけよ。小間使いは君がお目当てに近づくのをたやすくしてくれる。
この小間使いは女主人の相談事にいちばん身近な存在で、秘密の恋の
　戯れをよく知っていて信頼のおける者であるようにしておけ。
君は約束をしたり、頼み込んだりして、この小間使いを丸め込むのだ。
　そうすれば君の求めは、彼女にその気があれば、容易にかなうだろう。
彼女は時期を選んでくれるだろう（医者もまた時期を考慮する）、
　女主人の気持ちが打ち解けて、ものにするのにふさわしい時期を。
女の心をとらえやすい時期というのは、女がうきうきしている時だ、
　ちょうど肥沃な土地で作物が繁茂するように。
心が喜びに満ちあふれ、悲しみに締めつけられていない時には、
　おのずから開き、その時ウェヌスはご機嫌取りの技で忍び込む。
悲しみに沈んでいた時にはイリオス(4)は武器で護られていた、歓喜に
　ひたった時には兵士を詰め込んだ木馬(5)を受け入れてしまった。
旦那の愛人に心傷つけられて苦しんでいる時も言い寄ってみるべきだ、
　その時君は力を尽くして彼女が仇を討てるようにしてやりたまえ。
早朝女主人の髪の毛を梳いている小間使いを
　そそのかし、帆の力にさらに櫂で力を加えるのだ、

ポリュトス』参照。
（3）黒海のサルミュデッソスの王。先妻の子らに犯されたとの二度目の妻イダイアの讒言を信じて、無実の先妻の息子たちの眼をえぐり抜いた。ゼウスは怒って、その罰として怪鳥ハルピュイアに食物を汚されたり奪われたりして、つねに飢餓状態におかれるようにした。
（4）トロイアの詩的名称。
（5）いわゆる「トロイの木馬」。

そして小間使いにため息まじりでそっとつぶやかせるがよい、
　「奥様だけでは旦那さまに仕返しはおできになれませんよねえ」と。
その時に君のことについて話させ、その時に説得力のある言葉をかけさせ
　君が狂おしい恋心で死にそうであるのは確かだと言わせるのだ。
しかし、急ぎたまえ、帆がたるみ、風が静まるといけないから。
　溶けやすい氷のように、ぐずぐずしていると女の怒りも消えてしまう。

他でもないこの小間使いの体をものにしてしまうのが得かお尋ねか？
　そのような罪深い行ないには大きな賭けがひそんでいる。
一緒に寝ればまめに動くようになる者もいれば骨惜しみをする者もいる。
　君を女主人に薦めてくれる者あり、自分の者にしようとする者あり。
事は成り行き次第。思い切ってやっていい場合があるとしても、
　それでも、やめておけというのが私の忠告だ。
私は急坂と嶮しい頂きを通って進むつもりはない、
　私を道案内とする限り、若者で捕まってしまう者はいないだろう。
しかし、小間使いが女主人と君との手紙[1]のやりとりをしている間に、
　君がその勤勉さばかりでなく、その容姿も気に入ったのなら、

（1）「蠟引き書字板（tabella）」。そこに鉄筆で文字を書き手紙とした。

まずは女主人をものにして、そのあとに小間使いというようにしたまえ。
　愛の交わりを小間使いから始めてはいけない。
一つだけ忠告しておくことがある、いささかでも私の教えに信をおき、
　風が私の言葉を強奪して海を越えて運んでいかなければの話だが。
冒険はやめておくか、とことんやるかのどちらかだ。小間使いが
　ひとたび君の共犯者になったなら、密告者はいなくなる。
鳥は翼に鳥もちがつけば首尾よく逃げていくことはできないし、
　猪は網を広げられるとうまく出られない。
釣り針に引っかかって傷ついた魚はからめられたままにしておくように。
　誘惑した小間使いには攻め続け、ものにするまで放さないように。
[そうすれば共犯者意識で君を裏切ることはないだろうし、
　女主人の行動や言葉は君の知るところとなるだろう。(2)]
だが小間使いはうまく隠しておくがいい。密告者をうまく隠しておけば、
　君の愛しの女性はいつも君の知るところとなるだろう。
時期というものは、骨の折れる畑を耕す人々や船乗りだけが
　注視しなければならないと考える者がいれば、それは間違いだ。

(2) 三九五—三九六行は二つの重要な写本で省略されている。

穀物は裏切りがちな畑にいつも信を置くわけにはいかないし、
　くり抜いてつくった船も青海原にいつも信を置くわけにはいかないし、
優しい女をつかまえるのがいつも安全というわけではない。
　同じことが時宜を得ればよりうまく運ぶことも多い。
彼女の誕生日が近づいていたり、朔日、[1]つまり
　マルスの月にウェヌスの月をつなげる喜びの日とか、
以前のように小像で飾られることはなくなったが、
　王たちの財宝が競技場に置かれる日とかは、企ては延期したまえ。
そういうときには陰気な嵐があるいは昴星団が迫っているし、
　そういうときには幼き仔山羊星[2]が海につかる。
その時には船出を中止するがよい。その時に海に身を委ねる者がいれば、
　難破して砕けた船の板切れさえつかむことができなくなってしまう。
君は次のような日に事を始めるのがいいだろう、涙を誘うアリア川[3]が
　ラティウム人の手傷で朱に染まって流れた日[4]とか、
商売をするにはやや不向きな日だが、七日目に巡ってくる、
　パレスティナに住むシリア人[5]によって祭日とされている日[6]とかに。
愛する女性の誕生日こそ君が大いに恐れなければならぬ日だ、

（1）「マルスの月」である三月に続く四月の一日にウェヌスの祭日があった。

（2）馭者座の中の小さい二つの星。十月のはじめの頃。

（3）ローマ市北方のティベリス川の支流。

（4）前三九〇年七月十八日。ローマ軍はガリア人により大敗をこうむった。この日は商売も行なわれないので、買い物をせずにすむ。

（5）実際にはユダヤ人。

（6）安息日。店が休むので贈り物を買わずにすむ。

何か贈り物をしなければならない日こそ不吉な日ということになる。
うまく免れたとしても、それでも、彼女はひったくっていくだろう。女は
　恋に、はやりたつ男の財を摘み取る技を考え出すものだ。
だらしない身なりの行商人が買う気満々の君の愛する女性のところに来て
　君の眼の前で、持参の商品をひろげてくる。彼女は
君が目利きであるという気にさせようとして、見てほしいと頼むだろう。
　それから君に接吻して、それから買ってちょうだいとせがむ。
これだったらこれから先何年にもわたって満足できると請けあい、
　今これが必要なの、今お買い得だわ、と言うだろう。
家には今払う手持ちの金がないと君が言い訳すれば、後払いの
　証文を求められるだろう。君は文字を学んだことがうらめしくなる。
どうする、まるで誕生祝のお菓子のように、彼女が贈り物をねだったり、
　必要なたびごとに彼女が誕生日を迎えることになったら？
どうする、彼女がなくしたと嘘を言って泣き崩れたり、ピアスした
　耳たぶから宝石が抜け落ちてしまったと話をでっちあげたりしたら？
使うから貸してと多くのものを求めてくるが、貸すと返してはくれない。
　君は貸し損ということになり、君の損になっても何の感謝もされない。

遊女たちの罰当たりな策略を述べ立てようとしても、
　私に十の口と十の舌があっても十分とは言えないだろう。

書かれていたものを削って引いた蠟の書板に徒渉を試させるがよい。
　君の気持ちをよく知っている蠟板を先に行かせるのだ。
その蠟板に君の甘い言葉と恋人らしい言葉を運ばせよ。
君が誰であれ、熱烈な懇願の言葉を付け加えるのだ。
アキレウスは懇願に心動かされ、ヘクトルをプリアモスに返したし(1)、
　怒れる神も懇願の声には心和らげるものだ。
君は約束をするがいい。どうして約束することが害を及ぼすことになる？
　約束することだけなら、誰でも金持ちになっていられる。
「希望」というものは、いったん信じられると永続きするものである。
　「希望」という女神は人を欺くものだが、都合のよい女神でもある。
君が何かを彼女に与えると、理由をつけて振られることはありえよう。
　彼女は贈られたものはそのままもっていて、何も失いはしないだろう。
だが、君は贈っていないものを、いつでも贈るようなそぶりをするのだ。
　こんな風にして不毛な畑は持ち主をたびたび失望させてきた。

(1) ホメロスの『イリアス』第二十四歌。アキレウスは自分の身代わりになって死んだ親友パトロクロスの仇を討つためにトロイアのヘクトルと一騎打ちを行なう。彼はヘクトルを討ち、遺体を両親に返さず、戦車の後ろに結びつけて引きずり回す。神々はそれを憐れみ、ヘクトルの父であるトロイア王プリアモスに深夜アキレウスの陣屋を訪れ遺体の返還を求めるように命じる。アキレウスは王の懇願に応じてヘクトルの遺体を返すことに同意する。

こういうわけで賭博者はこれ以上損をすまいとしてさらに損を続け、
　欲深な手をなんどもサイコロに伸ばすことになる。
先に贈り物をせずに女と繋がりをつけること、これが一仕事、難行だ。(2)
　女は既に許したことをただで許したくないばかりにさらに許すだろう。

それゆえ、甘い言葉で綴った手紙を送り、
　その手紙で女の気持ちをさぐらせ、まずは道筋を試させるがよい。
林檎に書かれた文字によってキュディッペは欺かれ、
　知らずしてこの娘は自らの言葉にひっかかってしまった。(3)
ローマの若者たちよ、忠告しておく、高等なる学芸(4)を学びたまえ、
　それは恐れおののく被告人を弁護するためだけのものではない。
民衆も、重々しい裁判官も、市民から選ばれた元老院も、
　それに劣らず女も雄弁には負けて降参するだろう。
だが雄弁の力は隠しておいて、弁が立つことをひけらかしてはいけない。
　もったいぶった言葉は言わないようにすること。
やさしい恋人に向かって演説口調で喋るのは馬鹿だけだ。
　強い調子の手紙が憎しみの原因になることもよくあることである。

(2) ウェルギリウスの叙事詩『アエネイス』第六巻一二九行の詩句。滑稽味を狙ったもの。

(3) ケオス島の青年アコンティオスは、デロス島におけるアルテミス女神の祭礼で、アテナイの美少女キュディッペをみそめて、「アルテミスの神殿にかけて、私はアコンティオスと結婚することを誓う」と彫りつけた林檎を投げつけた。キュディッペはそれを声に出して読み上げたため、アコンティオスと結婚せざるをえなくなってしまった。

(4) 弁論術。

君は信頼を得るような言葉づかい、使い慣れた言葉を使うがよい、
　でも、眼の前で話しているかと思えるように、言葉は甘くすること。
仮に女が手紙を受け取らず、読まずに突っ返してきても、いずれは
　読んでくれるだろうと希望をもって、所期の目的をすててはいけない。
時がたてば、渋っていた牡牛も犂につくし、
　時がたてば、馬もしなやかな手綱を受け入れるよう教え込まれるもの。
鉄の指輪もずっと使っているとすり減ってくるし、
　曲がった鋤もたえず地面を掘り返していると摩滅する。
岩より硬いものがあるだろうか、水よりやわらかいものがあるだろうか。
　それなのに、硬い岩がやわらかい水によって穴をあけられるのだ。
ひたすら粘れ。そうすりゃペネロペイア[1]でさえ時がたてば降参する。
　知っての通り、ペルガマ[2]の陥落には時間がかかったが、陥落はした。
女が手紙を読んで返事をよこしてこなくても、無理強いしてはいけない。
　君はただ甘い言葉を彼女がずっと読むようにしむけるのだ。
読む気になったなら、読んだものに返事しようと思ってくれるだろう。
　こういったことはものの順序と段階を経て実現する。
おそらく最初は不機嫌な手紙が君のもとに届くだろう、私を困らせないで

(1) オデュッセウスの妻。トロイア戦争に出征した夫を、求婚者たちの誘惑を退けて二〇年間待ち続けた貞淑な妻。
(2) トロイアの城砦。

と頼む手紙が。彼女はしてほしいことを恐れ、してほしくないと
言っていること、つまり、君が言い寄ることを願っているのだ。
迫り続けるがよい、そうすればやがて君の願いはかなえられるだろう。

そうこうするうちに彼女が寝椅子に寄りかかって運ばれて行くならば、
彼女の輿にさりげなく近づくがよい。
誰かがいまいましくも君の言葉に耳を傾けたりせぬように、
できる限りずる賢くたちまわり、曖昧な言い方をして真意を隠すのだ。
あるいはもし彼女が広々とした柱廊をぶらぶらと歩いているなら、
ここで君もまた一緒になって散策したまえ。
ときには先に歩き、ときには後をついてゆきたまえ、
またときには速歩で、ときにはゆっくりと歩くのだ。
君と彼女の間にある円柱を二つ三つすり抜けて進むこと、あるいは
彼女のそばに寄り添って歩くことを恥ずかしいと思ってはいけない。
円形劇場で美しい彼女が座るときには必ず君も一緒にいるように。
君が見るべきものは舞台ではなくて彼女の肩ということになる。
彼女をじっくりと眺め回し感嘆するのもよい。

眉に多くを語らせ、身振りに多くを語らせるのだ。
ミムス(1)の役者がなにか女役を演じて踊ったら、拍手し、
誰であれ恋する人物が演じられたら、その役者に声援を送れ。
彼女が立ち上がったら君も立ち上がり、座っている間は君も座る。
君の惚れた女の意のままに、時間をつぶすがよい。

しかし君は焼きごてで髪の毛を巻き毛にしてうれしがったり、
ざらざらした軽石で脛をこすったりするのはやめたまえ(2)。
そういうことは、大地母神キュベレ(3)を
プリュギア流に声を合わせて歌い称える神官(4)どもにやらせておけ。
男にはなりふり構わないのがふさわしい。ミノス(5)の娘を連れ去った
テセウス(6)は、こめかみの髪を髪留めなどしていなかった。
パイドラはヒッポリュトスに恋をしたが、彼はしゃれ男ではなかった。
女神ウェヌスの気を引いたアドニスは森にふさわしい男だった。
清潔さを尊び、体をカンプス・マルティウス(7)で日焼けさせるがよい。
トガは体にぴったりしたもので、シミなどのないようにすべきである。
サンダルの前革は硬くならぬように、留め金は錆のないようにしておく。

(1)ものまね劇、笑劇のこと。ギリシアでは前五世紀から、ローマでは前二世紀からあったことが知られている。ローマでは四月末から五月初頭のフロラ祭には欠くことのできない出し物となっていた。

(2)当時の伊達男の風俗であった。

(3)プリュギアのペッシヌスを中心地とし、アナトリア全体にわたって崇拝されていた大地女神。ローマにもこの信仰は伝わっていた。

(4)キュベレの神官たちは去勢された男たちで奇妙な叫び声を上げつつ卑猥な格好で踊り狂った。

(5)アリアドネ。

(6)アテナイの国民的英雄テセ

また、ぶかぶかの靴の中で君の足が安定せず泳がないようにすること。
　ごわごわした髪が下手くそな散髪でぶざまになったりせぬように。
髪にせよ、鬚にせよ、熟練の手で刈り取ってもらうべきだ。
　爪は伸びすぎないようにし、爪垢をためてはいけない。
鼻の穴には一本たりとも鼻毛をのばしてはいけない。
　臭い口からいやな息を吐かないように、
家畜の男にして父たる牡山羊の臭いが鼻をつくこともなきように。
　それ以外はふしだらな女に勝手にやらせておくがよい、
また誰か男らしくない男が別の男を持とうとしていたら、そいつにも。
　見よ、酒神リベル[8]がおのれに仕える詩人を呼んでいる。この神も
また、恋する者を助け、神自らをも熱くしている恋の炎を嘉したもう。
　クノッソスの女[9]は見知らぬ砂浜で狂気に駆られてさまよっていた、
小さなディア島[10]が海の波に打たれているところで。
　眠りからさめたばかりで帯のほどけたトゥニカを着て、
裸足で、サフラン色の髪は束ねもせず、
　「ひどい人テセウス」と耳貸さぬ波に向かって叫び、

ウスは、クレタ島で、王ミノスの娘アリアドネに恋され、彼女の助けを得て怪物ミノタウロスを退治して迷宮から出ることができた。しかし、彼はアテナイに帰る途中アリアドネをナクソス島に置き去りにした。『変身物語』第八巻参照。

(7)「マルスの原」という意味。ここで、民会、軍事教練、競技会などが行なわれた。

(8)バッコスのこと。アポロン、ムーサたちと並んでバッコスもまた詩人を庇護する神とされた。アリアドネに恋した彼はまた愛する者たちを庇護する神でもあった。

(9)アリアドネ。

(10)ナクソス島のこと。バッコスはナクソス島に置き去りにされたアリアドネを憐れみ彼女を妻とした。

きよらなる涙の雨がやわらかな両の頬を濡らした。
叫びもし、泣きもしたが、そのどちらも彼女に似合っており、
涙でいつもより醜くなることはなかった。
幾度となくやわらかい胸を手でうちながら、叫んで言う、
「不実なあの方は行ってしまった。私はこれからどうなるの」。
「私はどうなるの」と彼女は言う。するとシンバルの音が
鳴り響き、狂乱した手で打ち鳴らされた太鼓の音も響きわたった。
彼女は恐怖で気を失い、口にしたばかりの言葉もあとが続かなかった。
体は生気を失い、血の気もうせた。
すると見よ、乱れた髪を背中にたらすミマロニデス(1)がいる、
見よ、神バッコスの先に立って進む浮ついたサテュロス(2)たちもいる。
それに見よ、酔っ払った老人シレノス(3)が背の曲がった小さな驢馬に
かろうじてまたがり、たてがみを巧みにつかんでいる。
彼はバッコスの信女のあとを追い、彼女たちが逃げたり立ち向かったり
している間に、下手くそな乗り手がこの四足獣に鞭をくれると、
耳の長い驢馬から真っ逆さまに落ちてしまった。
サテュロスたちは「さあ立て、立ち上がれ、親父殿」と叫び立てた。

(1) バッコスの信女たち。
(2) 快楽を好み、野獣的に行動する山野の精。シレノスとしばしば混同される。バッコスの従者。
(3) サテュロスと同じく、山野に住む精。サテュロスたちよりは老人。バッコスの従者。

そのとき御神が上部を葡萄の房でおおわれた戦車に乗り、
　戦車には虎をつなぎ黄金の手綱をつけて曳かせていた。
顔色も、テセウスのことも、声も乙女から消え、
　三度逃げようとしたが、三度とも恐怖に引き留められた。
彼女の恐怖に震えた様子は風に揺さぶられ実を結ばぬ穂のようでもあり、
　あるいは、湿った沼地で震える、か弱い葦のようでもあった。彼女に
御神は言った、「ほら、私はもっと誠実な恋人としてやって来ている。
　恐れを捨てるのだ、クノッソスの女よ、そなたはバッコスの妻となる。
天を贈り物として受け取るがよい。天の星としてそなたは仰ぎ見られ、
　しばしばクレタの王冠[4]は迷える船の導き手となることだろう」。
こう言うと、彼女が虎を怖がらないように、戦車から跳び
　降りた（御神が足を下ろしたところの砂地にはくぼみができた[5]）。
彼女を胸にかき抱き——彼女にはもう抗う力もなかった——
　連れ去った。神にはなにごともたやすく行なうことが可能だ。
ある者は祝婚歌を歌い、ある者はバッコスに「エウオイ[6]」と叫ぶ。
　こうして聖なる新床で花嫁と御神は結ばれるのである。

（4）アリアドネは死後天にあげられ「クレタの王冠」と呼ばれる星座となった。
（5）神が人間よりも大きく重いため。
（6）バッコスの信女たちの叫び声。

それゆえバッコスの贈り物なる葡萄酒がたまたま君の前に出され、
　宴席の仲間に女が共にいる場合には、
父なるニュクテリオス(1)と夜の秘儀に祈るがよい、
　葡萄酒のせいで頭がいかれないようにと。
こういう席では君は表の言葉に潜ませて多くのことを言うことが
　できる、彼女が自分に言われていると思えるようなことを。さらに
葡萄酒を食卓にたらして、ちょっとした甘い言葉を書くこともできる、
　君の意中の女性が自分のことだと食卓で読み取れるように。
恋の炎を語る眼で、彼女の眼を見つめることもできる。
　もの言わぬ表情が声と言葉をもつことがたびたびある。
彼女の唇がふれた酒杯を誰よりも先にひったくり、
　彼女が唇をあてて飲んだところから君も飲むようにしたまえ。
またどんな料理であれ、彼女が指でつまんだ(2)ものに手を出すのだ。
そして君が手を出すときに、彼女の手に触れるようにせよ。
彼女の旦那にも気に入られることを君の願いとするがよい。
　友達になっておけば、なにかと二人に役に立つだろう。
くじ引きで君の飲む順番になったら(3)、それを旦那に譲るがよい。

(1)「夜の神」という意味でバッコスのこと。その祭儀が夜間行なわれたことから。

(2)ローマ人は食事にナイフ、フォークを使わず、指でつまんで食べた。

(3)飲む順番をくじで決めるのがギリシアからの習わしだった。

花冠は君の頭からはずして彼に与えたまえ。
彼の席が下であろうと、同じだろうと、なんでも彼に先に取らせてやり、
ものを言うのもためらわずに彼のあとにするがよい。
友人という名にかくれて欺くのは安全でよく使われる手である。
安全でよく使われる手であるが、悪いことは悪い。
こういうところから、代理人が過度に多くの代理役をつとめ、
依頼された以上に面倒を見なければと思うわけである。

飲酒の確かな限度を君に教えてあげよう。
頭も足もおのれの務めを果たせるようにしておくこと。
特に注意すべきは酒にあおられて始まるけんかと
すぐに手が出て野蛮な争いに至ること。
エウリュティオン(4)は出された酒を愚かにも飲むにまかせて殺された。
宴席と酒によりふさわしいのは陽気に楽しくやることだ。
声がよければ歌うがいい、腕がしなやかなら踊るがいい。
なんであれ君に人を楽しませる才能があれば、それで楽しませるのだ。
真の酩酊は害をなすが、偽りの酩酊は助けになるだろう。

（4）ケンタウロスの一人。テッサリアのラピタイ族の王ペイリトオスの結婚の宴で酔って花嫁を犯そうとして、ラピタイ族とケンタウロス族の戦いを引き起こし、殺された。『変身物語』第十二巻参照。

ずる賢い舌に呂律が回らず口ごもるようにさせるがよい。

それは、君が度外れに恥知らずに、何をしようと何を言おうと、
　すべては深酒のせいだったと思わせるためなのだ。そして、

「奥さま、おしあわせに」「奥さまと共寝をされるお方もおしあわせに」

　と言い、口に出さない心の内で「旦那には呪いあれ」と祈るがよい。

だが、食卓が片付けられ、宴席の客がひきあげていくとき、
　まさに、その人混みが女へ近づく機会を君に与えてくれるだろう。
君はその人混みに紛れ込み、出て行く彼女にそっと近づき
　指で彼女の腰のあたりをつねり、足で彼女の足に触れるがよい。
今や話しかける時が来たのだ。遠くへ消えてしまえ、野暮な恥じらいよ。
　運命女神もウェヌスも勇気ある者を助けたもう。
君の雄弁は私の詩人の規則に従う必要はない。
　意欲さえあればいい、おのずと君は雄弁になるだろう。
君は恋する男の役を演じ、傷を受けたふりを言葉でしなければならぬ。
　どんな手を使ってでもこれが事実だと女に信じてもらえるようにせよ。
信じてもらうのは簡単。女は誰でも自分は愛らしいと思っているから。

どんな醜女でも自分の器量はまんざらでもないと思っている。
愛するふりをしている男が本当にそうなるということはよくあることだ。
はじめはふりをしていたものが本物になってしまうことがよくある。
だから、女たちよ、愛を装う男たちにもっとやさしくしてやるがよい。
つい今まで偽りだった愛がいつの日にか本物に転じるだろう。
今や巧みに甘い言葉をかけて密かに女の心をつかまえるべき時だ、
ちょうど張り出した堤が流れる水に浸食されるように。
ほめることに労を惜しむなかれ、女の顔や髪を、
また、すんなりした指と小さな足を。
貞淑な女でも容姿をほめられれば悪い気はしないし、
生娘は自分の容姿が気にもなるし、喜んでもいる。
なぜなのだ、プリュギアの森でユノとパラス(1)が
パリスの判定をかちとれなかったのを今もなお恥じているのは?
ユノの鳥である孔雀はほめられると羽を広げてみせるが、
黙って見ていると、孔雀はそのお宝を隠したままである。
馬も早駆けの競走の間に、たてがみに
櫛を入れてもらったり、首を軽く叩いてもらったりすると喜ぶ。

(1)女神アテナ。

約束するのを恐れてはいけない。約束は女の心を惹くものだ。
　約束にあたっては、どの神でもよいから証人として加えるがよい。
ユッピテルは天の高みから恋人たちの偽りの誓いを笑い、
　アイオロス(1)の息子ノトスにむなしい誓いなど運び去れと命じたもう。
ステュクス(2)にかけてユノによく偽りの誓いを立てたのが、この
　ユッピテルだった。今でもユッピテルは自らの例には好意を示される。
神々の存在は便利である。便利であるから存在するのだと考えておこう。
　昔ながらの炉に香と酒を捧げたまえ。
神々が熟睡にも似た憂いのない休息をとって休むことはない。
　廉潔な生き方をしたまえ、そうすれば神々はそばにおられる。
預かっているものは返し、信義によって約束を守るように。
　欺瞞は慎み、両の手は流血沙汰とは無縁であれ。分別が
あるなら、もてあそぶのは面倒なことにならない女たちだけにせよ。
　この女たち相手の欺瞞を除けば、信義は守らなければならぬ。
こちらを騙そうとする女たちは騙してやれ。この種の女はたいてい
　不埒な輩だ。自分で仕掛けた罠に落としてやるがいい。

(1) 風神でゼウス（ユッピテル）の子。息子ノトスは南風神。
(2) 冥界の川。

伝えられるところによれば、かつてエジプトで耕地の恵みとなる雨が
　降らず、九年もの間、干ばつが続いたという。
そのときトラシオス[3]が王ブシリス[4]のもとにやってきて、
ユッピテルは異国の人の血を流す供犠でなだめられると進言する。
王はトラシオスに「そなたがまずユッピテルの犠牲になるがよい。
異国の人間であるそなたがエジプトに雨を降らすのだ」と言った。
また、パラリス[5]は、青銅の牡牛で、残忍なペリロス[6]の四肢を
　焼いた。青銅の牛の考案者が不幸にも自らの装置を最初に試したのだ。
どちらも正義にかなっていた。これほど公正な法はない、
人殺しの考案者が自らの考え出した方法で死に至ったのだから。
したがって偽誓をする女には偽誓をもって騙しても当然のことだし、
　自らの示した例で女が傷ついて苦しむがよかろう。

涙もまた役に立つ。涙を使って君は金剛石のような心も動かすことが
　できるだろう。できれば、涙で濡れた頬を彼女に見せるがよい。
涙というものはいつもいつも都合よく浮かんでくるものではないから、
　涙が出てこなければ、濡れた手で眼をこすりたまえ。

(3)キュプロスの予言者。

(4)ポセイドンの子でエジプト王。干ばつを鎮める雨乞いのため、この国に来た異国人を毎年ゼウスの祭壇に供することとし、最初の犠牲者は予言者自身であった。エジプトに立ち寄ったヘラクレスに殺された。

(5)シキリア島（シシリー島）のアクラガスの僭主。暴君として知られ、ペリロスに人をあぶり殺す青銅の牛を造らせた。

(6)アテナイ出身の金物細工師。パラリスのために、その中に人を入れてあぶり殺す青銅の牛を造り、その最初の犠牲者となった。

知恵ある者なら甘いへつらいの言葉に接吻を交えない者がいるだろうか。
　彼女が接吻してくれないなら、もらえない接吻を奪い取るのだ。
たぶん、はじめは抗って、「いけない人ね」と言うだろう。
　しかし、抵抗しながらも、女は征服されることを望んでいるだろう。
ただ乱暴に接吻を奪って、やわらかな唇を傷つけないように、
　また、手荒な接吻だったと文句を言われないように注意したまえ。
接吻を奪った男がその先を奪わなければ、
　せっかく与えられたものも失って当然だろう。
接吻のあとで満願成就までどれほどのへだたりがあったというのか。
　ああ、そんなものは慎みではなくて野暮というものだった。
力ずくでもよいのだ。女はその力ずくがうれしい。与えたいと
　思うものを不承不承与えるという態度をとることがよくある。
どんな女でも突然襲われて体を奪われることに
　喜び、無法な行為が贈り物同然となる。
だが無理強いされそうなときに、触れられずに男のもとから離れると、
　顔ではうれしそうに装っているが、その実は悲しいのだろう。
ポイベ[1]は暴力を受け、その姉妹[2]にも暴力が加えられたが、体を

(1) レウキッポスの娘。その妹はヒラエイラ。双子の兄弟であるディオスクロイ（カストルとポリュデウケス）にさらわれて犯されたが、彼らの妻となった。
(2) ヒラエイラ。
(3) デイダメイアのこと。スキュロス王リュコメデスの娘。
(4) アキレウスのこと。「ハイモニア」とは「テッサリア」の

奪われた女たちは力ずくで奪った二人に好意を寄せることとなった。

これはよく知られているが、ここで語っても不適当ではない話がある。
スキュロス島の女(3)はハイモニアの男(4)と結ばれた。
すでに女神(5)は美しさを称賛されて不吉な贈り物(6)を与えてしまった、
イダ山の麓で二人の女神をしのぐと折り紙をつけられたあの時に。
すでに花嫁ヘレネは、遠く離れた国からプリアモスの元にやってきていて
イリオン(7)の城壁の中にギリシア人の妻がおさまっていた。
恥辱をこうむった夫(8)の言葉にギリシアの王侯はみな忠誠を誓った。
一人の男の悲しみが全員の大義となったのである。
アキレウスは、(母(9)の懇願に従ったのでなければ)恥ずべきことに、
女の長い着物をまとって、男であることを隠していた。
アキレウスよ、何をしているのだ? 糸紡ぎはそなたのつとめではない。
パラス(10)のもう一つの技で栄誉を求めるのだ。
糸玉の籠と何の関係があるのだ? その手は楯を持つのにふさわしい。
ヘクトルを倒す右手にどうして紡がれた糸などもっているのか。
面倒な糸のからみついた紡錘などすててしまえ。

詩的名称。女神である母テティスは、アキレウスがトロイア戦争に参加すれば若くして死ぬ運命にあることを知っていたので、アキレウスが出陣しないように女装させ、スキュロス王リュコメデスの娘たちのところにおいた。このときにアキレウスは娘の一人デイダメイアによってネオプトレモスを得た。

(5)ウェヌス(アプロディテ)。

(6)ヘレネのこと。ウェヌスは、贈り物として世界一の美女であるヘレネ(メネラオスの妃)をパリスに与えた。

(7)トロイアの詩的名称。

(8)メネラオス。

(9)女神テティス。

(10)女神アテナ(ミネルウァ)のこと。種々の技術(織物、陶器、冶金、医術)と音楽と戦の女神。

ペリオン山の木でできた槍こそ、その手で振り回されるべきなのだ。
たまたま同じ寝室に王の娘デイダメイアがいた。
　彼女は辱めを受けてはじめて彼が男であることを知ることとなった。
彼女は力ずくで征服された（そう信じなければならぬ）、
　しかし、彼女は力ずくで征服されることを望んでいたのだ。急いで
アキレウスが立ち去ろうとしていたとき、彼女は何度も「行かないで」と
　言った。彼が紡錘を置いて、雄々しい武器を手にしていたからだ。
あの暴力は今どこに行ったのか？　どうして、デイダメイアよ、
　そなたを力ずくで犯した張本人を引きとどめるのか？
これはつまり、女のほうから先に事を始めるのは恥ずかしいことだが、
　人が始めてくれれば、それを受け入れるのは嬉しいということなのだ。

ああ、若い男の自分の容貌に対する自信過剰というものだ、
　女のほうから先に言い寄ってくるのを待っている男がいるとしたら。
男のほうが先に近づき、男のほうが愛を請う言葉を言うべきなのだ。
　そうすれば、女のほうがその甘い懇願に愛想よく応じることになる。
女をものにしたいなら懇願することだ。女が望んでいるのはそれだけ。

君の望みの理由と発端を示したまえ。
ユッピテルは昔の名婦に嘆願者として近づいたものだった。
名婦の誰一人として偉大なるユッピテルを誘惑した者はいなかった。
しかし、もし君の懇願によって女の思い上がりに増上慢が加わっていると
感じたら、始めたことは中止して踵を返すがよい。
多くの女は逃げていくものを欲しがり、近寄るものを嫌う。
ゆっくりと近づくことにより、君が飽きられないようにしたまえ。
言い寄るときには愛の交わりの期待など必ずしも打ち明ける必要はない。
友情という名に包み隠して愛を入り込ませるのだ。
こういう近づき方で身持ちの堅い女が騙されるのを私は見たことがある。
女を崇めていた者がいつのまにか恋人になってしまったのだ。

船乗りの色白は恥ずかしい色である。海の波と
太陽の光で浅黒くなければならない。
それは農夫にとっても恥ずかしい色。農夫はいつも鈎型の鋤と
重い鍬で屋外に出て土を耕す者だから。
それに、パラス・アテナの冠の栄誉を求めている者[1]よ、

（1）競技者。

君の体が白ければ、それは恥ずかしいということになる。
恋する者はすべからく蒼白くあるべきだ。これぞ恋する者に相応しい色。
　これが似つかわしいのに、これが役に立たないと思う者も多いが。
オリオン[1]は蒼白い顔でシデ[2]を求めて森をさまよっていたし、
　水の精ナイアスに冷たくされたダプニス[3]も蒼白かった。
やつれた状態を見せて恋心を知らしめよ、そして恥ずかしいと思わずに
　つややかな髪に病人用の頭巾をかぶること。
若者の体を痩せ細らせるのは、眠れぬ夜と
　不安と、激しい恋で生まれる苦悩。
君の願いを成就させるために哀れをさそう姿でいたまえ、
　そうすれば、君を見た人が「恋をしているね」と言うはずだから。

これを嘆くべきか忠告すべきか、正邪がことごとく混同されているのだ。
　友情といっても名ばかり、信義もむなしい名ばかり。
ああ、君の愛する者を仲間に向かって褒めちぎるのは安全ではない。
　君のほめ言葉をそいつが信用すれば、君にとってかわってしまうから。
「でもね、アクトルの孫[4]はアキレウスの臥所を侵しはしなかったし、

(1) ボイオティアの巨人で美男子の狩人。死後天にあげられ星座（オリオン座）となった。
(2) オリオンの妻。ヘラと美を競ったために、冥界に落とされた。
(3) シキリア島（シシリー島）の羊飼い。ヘルメスとニンフの子。ニンフのナイアスに恋していた。
(4) パトロクロス。アキレウスの友人。アキレウスの代わりに彼の武具を借りて出陣し、ヘクトルに討たれた。

ペイリトオス[5]に関するかぎり、パイドラは貞潔だった。
ピュラデスのヘルミオネへの愛[6]はポイボス[7]のパラス[8]への愛と同じ、
　テュンダレオスの娘[9]よ、そなたと双子のカストルの関係も同じ」。
これと同じ事を望む者がいれば、それは御柳が林檎を落とすことを
　期待し、川の真ん中で蜜を求めるに等しいだろう。
恥ずべきこと以外では何も楽しみにはならないし、誰も自分の快楽だけが
　気がかりなのだ。これもまた他人の痛みからくるものが楽しい。
ああ、なんと罪深きことか！　恋する者は恋敵を恐れるには及ばない。
　信頼できると思っている連中を避けよ。そうすれば君は安泰だろう。
親族、兄弟、親しい友人には用心せよ。
　こうした連中が君に紛れもない恐怖を与えることになるから。

これで私は終わろうと思っていたが、女心はさまざま
　である。千の心は千の方法でとらえねばならない。
同じ土地がどんな作物でも産するわけではない。葡萄に適した土地も
　あるし、オリーヴに適した土地もあり、小麦がよく育つ土地もある。
胸の内のありようは、顔の表情と同じぐらい[10]さまざまだ。

（5）テッサリアのラピタイ族の王。アテナイの王テセウス（パイドラの夫）の親友。
（6）ピュラデスはオレステスの従兄弟で親友。ヘルミオネはオレステスの妻。
（7）アポロン。
（8）女神アテナ。
（9）クリュタイムネストラ。
（10）「世界中にあるさまざまな物の形の数（quot in orbe figurae）」ではなく、quot in ore figurae と読む。

賢明なる者は無数のありように合わせてゆくだろう。
プロテウス[1]のように、今軽やかな波に変身したかと思えば、
今度は獅子に、また樹木に、さらに剛毛の生えた猪になるだろう。
魚も投網で捕らえられたり、釣り針で引っかけられたり、
袋網にかかってぴんと張った綱で引きずられていくものもある。
あらゆる年齢の女に対して方法が一つというのでは不適当だろう。
年老いた雌鹿は遠くから罠を見抜くだろう。
君が単純な女に物知りと思われたり、慎み深い女に淫らなと思われたり
すれば、たちまち女は哀れな自分にすっかり自信を失うだろう。
その結果、立派な男に身をまかせることを恐れた女は
つまらぬ男のもとに向かい、その胸に抱かれるということになる。
私の企ての一部は残っているが、仕事の一部はやり終えた。
ここらあたりで錨を投じてわが船を留めることにしよう。

(1) ポセイドンの従者である海神。あらゆるものに変身する能力をもっている。

第二巻

「万歳、パイアン[1]」と声を上げ、「万歳、パイアン」と繰り返して
　叫ぶがよい。狙っていた獲物が罠にかかった。
恋する男は喜んで私の歌に緑の棕櫚の枝を贈ってくれる、アスクラの
　老詩人ヘシオドスやマイオニアの老詩人ホメロスよりも気に入って。
このような気持ちで異国の客人であるプリアモスの息子[2]は好戦的な
　アミュクライ[3]から、奪った妻[4]とともに白い帆をかけて船出した。
このような気持ちだった、ヒッポダメイア[5]よ、そなたを勝利者の戦車に
　乗せ、異国の車輪で連れ去った者も[6]。
若者よ、どうして急ぐ必要があるのだ。君の船は大海の真ん中を
　進んでいて、私の目指す港はまだまだ遠い。

(1)アポロンと同一視された治療の神。アポロンへの歓呼の叫びとしても使われた。ここはほとんど間投詞に近い。
(2)パリス。
(3)ラコニアの町。ラコニアはペロポネッソス半島南東部の地域にあり、スパルタの支配を受けていた。
(4)ヘレネ。
(5)オイノマオス王の娘。王は娘の求婚者に自分との戦車競走をして勝つことを娘を与える条件とした。
(6)ペロプス。彼は、王の御者を買収し、王の戦車の車輪に細工をして競争に勝ち、ヒッポダメイアを得た。

詩人たる私の導きで君が女を手に入れただけでは十分ではない。
　わが技術で獲得された女を、わが技術で引き留めておかねばならぬ。(1)
手に入れたものを守りとおすには、求めるのに劣らず勇気がいる。
　求めるのには偶然ということもあるが、守るには技術が必要である。
キュテラ島の女神とそのお子よ、(2)他でもない今私に支援を賜りたまえ。
　今こそエラトも。(3)おんみは愛という名をもちたもうがゆえに。
私は大事業（いかなる技術によればアモルを留めることができるかを
　歌うこと）を企てている、かくも広大なる世界を飛び回る少年神を。
アモルは身軽で、双翼をもち、それで飛び去る。
　これを抑えるのは実にむつかしい。
クレタ王ミノスは客人ダイダロス(4)の脱出の道をすべてふさいだが、
　ダイダロスは翼によって大胆な逃げ道を見出した。
ダイダロスは、母の罪(5)によって生まれたミノタウロス（半ば牛なる男
　にして、半ば男なる牛）を閉じ込めると、こう言った、
「私の亡命生活を終わらせていただきたい、希代の正義の人ミノスよ。
　父祖の地に私の骨灰を埋めさせてください。

(1) これが第二巻のテーマである。
(2) ウェヌスとアモル。
(3) 詩女神（ムーサ）の一人。抒情詩を司る。ギリシア語の ἐρᾶν「愛すること」と関係づけられている。
(4)「巧みな工人」の意。アテナイ人。名建築家であり神像の発明者でもある。クレタ島で王ミノスの命令により、半人半牛の怪物ミノタウロスを閉じ込める迷宮を造った。以下のダイダロスとイカロスの話については『変身物語』第八巻参照。
(5) 牡牛と交わってミノタウロスを産んだパシパエの罪。

不当なる運命に翻弄されて、祖国で生きることができなく
　なりましたからには、[6]せめて祖国で死ぬことをお許しください。
老いた私の尽力がつまらぬものとしても、息子には帰国をお許し下さい。
　息子をお許しなされたくなければ、この年寄りにはお許しください」。
こう彼は言った。さらにこれだけではなくもっと多くのことも言うことが
　できたが、いずれにしろ、王はこの男の帰国を許そうとはしなかった。
それを感じとるや、「ダイダロスよ、さあ今だ、今こそだ」と言った。
「お前は自分の才能を示す絶好の機会を手に入れた。
ミノスは大地をわがものとし、海原も支配している。
　大地も波もわれらの脱出への道を開いてはくれぬ。
空の道が残っている。空を進むことを試みよう。
　高きにおわすユッピテルよ、わが企てを許したまえ。
私は星々の座に達しようとするのではありません。
　主人ミノスから逃れ出る道がこれ以外にはないからです。
冥府の川を渡る道があるならば、私は冥府の川を泳いで渡りましょう。
　私のもって生まれた才に新たなる手を考案しなければなりますまい」。
不運が才能を刺激することはしばしばある。誰が信じたであろう、

（6）甥タロスが自分を凌駕することを恐れてアクロポリスから突き落として殺し、アレイオス・パゴスで有罪の判決を受けた。

人間が天空の道を行くことができると。
ダイダロスは鳥の櫂にあたる羽を順序よく整え、
その軽い細工物を糸でつなぎあわせ、
下の部分は火で溶かした蠟で固定する。
今や新しい技術による労作が完成した。
少年イカロスは顔を輝かせて蠟や羽をもてあそんでいた、
これが自分の肩に着けるために用意された装置とも知らずに。
息子に父は言った、「この乗り物で祖国へ戻らねばならぬ。
この補助道具でわれわれはミノスのもとから逃げ出さねばならない。
ミノスは他のすべての道を閉ざしたが、空は閉ざすことができなかった。
わしの考案した道具で、空中を突き破るのだ、お前ならできる。
だが、お前はテゲア(1)の乙女(2)である大熊座の星や牛飼座の仲間である
剣もつオリオンを見てはならぬ。
お前にやった翼を使ってわしのあとをついてこい。わしが先に行くから。
ついてくることだけを考えろ。わしを道案内にしている限り安全だ。
もし天界の上層、太陽近くを
通れば、蠟が熱に耐えられないだろう。

(1) アルカディアの町。
(2) カリスト。

あるいはもし翼を低くして海面すれすれに羽ばたくなら、
　動いている羽が海水で濡れることもあるだろう。
両方の間を飛ぶがよい。息子よ、風もまた恐れよ。
　風がお前を運ぶ方向へと、順風に帆を向けるのだ」。
ダイダロスは忠告の合間に息子に道具をつけてやり動かし方を示したが、
　その様子は、まるで母鳥が雛鳥に教えるようであった。
それから自分用につくってあった翼を肩にとりつけ、
　この新しい航路のために、慎重に体の均衡をとった。
これから飛ぼうとするその間際に、幼い息子に接吻したが、
　父の眼は涙をこらえることができなかった。
山より低いが、平原よりは高い丘があった。
　ここから二人の体は哀れな逃亡に乗り出した。
ダイダロスは自ら翼を動かしながら、息子の翼をふりかえり、
　自らの進路を保ち続ける。
既にこの新しい旅は喜びとなり、恐れをすてて
　イカロスは大胆な技術を駆使してこれまで以上に勇敢に飛び続ける。
釣り竿を振って魚を釣っていた人がいて、二人の姿を目にして

右手がやりかけた釣りの作業を放りだしてしまった。
もうサモス島が左手に――通り過ぎたのはナクソス島に
パロス島、クラロスの神(1)に愛されているデロス島――
右手にはレビントス島、森の蔭深きカリュムネ島、
　魚多き海に囲まれたアステュパライア島があった。
無鉄砲な年頃の少年は、無謀にも
　一層高度を上げて進み、父親から離れてしまった。
翼の結び目はゆるみ、太陽神に近づいたため蠟は溶け始め
　腕を動かしても薄い大気をとらえることができない。
恐怖に駆られて天の高みから海原を見下ろした。
　恐れおののきそのあまり闇が両の眼に押し寄せた。
蠟は溶けてしまい、少年は翼のなくなった腕を振り、
　慌てふためいたが、体を支えてくれるものはもはや何もなかった。
彼は落下していきながら、「お父さん、ああ、お父さん、離れてしまう」と
　言った。青々とした海がそう言う彼の口をふさいでしまった。
不幸な父（子を失えばもはや父とは言えぬが）が叫ぶ、「イカロスよ」。
「イカロス、どこにいる、大空の下どこへ飛んでいくのか」と叫ぶ。

（1）アポロン。クラロスはイオニアの町で、アポロンの神殿と神託で有名。

（2）イカリア海。エーゲ海南部の海で、イカリア島という島もある。

（3）テッサリアの詩的名称。魔術で有名だった。

「イカロスよ」と叫んでいるうちに、波間に翼を見つけた。
　大地はその骨を覆い、海はその名をとどめている。[2]
王ミノスは人間の作った翼をおさえることができなかった。一方、
　この私は翼もてる神アモルを引きとどめようと企てている。
間違っているのは、ハイモニア[3]の魔術に頼ったり、
　仔馬の額からとった媚薬[4]を女に与えようとする者だ。
メデイア[5]の薬草は愛を生かせる効き目はないし、
　魔術の音を交えたマルシ族[6]の呪文もまた然り。
メデイアがイアソンを、キルケ[7]がオデュッセウスを引き留められた
　はずだ、もしも愛が呪文だけで保てるものならば。
人を青白くさせる媚薬を女に与えても役には立たないだろうし、
　媚薬は精神に害を及ぼし、狂気を引き起こす力をもっている。
罪深き行為はすべて遠ざけよ！　愛されるためには愛されるにふさわしい
　人であれ。顔や容姿だけでそうなれることはないだろう。
たとえ君がいにしえのホメロスに愛されたニレウス[8]のごとき、あるいは
　ナイアスたちの悪さでさらわれたヒュラス[9]のごときだとしても、

(4)産まれたばかりの仔馬の頭部にできる瘤からとれる媚薬。
(5)コルキスの王アイエテスの娘で魔女。
(6)ラティウムの一部族。同盟市戦争の際にはローマ人の強敵であった。
(7)太陽神ヘリオスの娘。アイアイエの島に住み魔術に通じている。
(8)トロイア戦争に参加。ギリシア軍の中で一番美男子であった。
(9)ヘラクレスの愛の相手であった美少年ヒュラスはアルゴ船のコルキス遠征に加わり、途中、小アジアのミュシアのキオスで泉に水を汲みにでかけたところ、ナイアスたち（水のニンフたち）が少年の美しさに魅せられて、彼を水中に引き込んだ。

意中の女性をひきとめ、振られて狼狽したりしないためには、
　肉体の長所に精神の才能を加えたまえ。
美貌はもろい長所であり、年を重ねてゆけば、
　とるにたらぬものとなり、その歳月でむしばまれるものである。
菫でも、大きく開いた百合でも、いつまでも咲くことはなく、
　薔薇も散れば硬い棘が残るだけ。
美貌の若者よ、やがて君にも白髪がでてくるし、
　やがて君の体に筋をつけるしわも寄ってくるだろう。
今こそ永続きする精神をつくり、それを美貌に付け加えるのだ。
　精神だけが最後の火葬に付されるまで持続するのだ。
軽んじることなかれ、自由民にふさわしい学芸を通して心を陶冶し、
　ギリシア語とラテン語を修めることを。

オデュッセウスは美男子ではなかったが雄弁で、
　それで海の女神たちを恋心で苦しめたのだった。ああ、カリュプソ(1)は
オデュッセウスが急いで島を離れようとしているのを何度嘆いたことか、
　今は海原が櫂で渡るには適していませんと何度言ったことか。

(1) アトラスまたはオケアノスの娘。オギュギアの島に召し使いのニンフたちとともに住んで

彼女は何度も何度もトロイア落城の様子を聞くことを求め、
　彼は言葉を変えて同じことを繰り返し語って聞かせたものだった。
彼らは海岸に並び立ち、そこでもまた美しきカリュプソは
　オドリュサイ[2]の将軍[3]の血まみれの運命を語ってくれとせがむ。
彼は軽い杖で——というのもたまたま杖を持っていたからだが——
　カリュプソの求める話を厚い砂の浜辺に描いてみせる。
「これがトロイアだ」と言って、砂の上に城壁を描いた。
「ほら、これがシモエイス川だ。これが私の陣営と思ってくれ。ここに
野原があった」。彼は野原を描く。「ドロン[4]を討ち取りこの野原を
　われらは朱に染めた。奴は夜も眠らずハイモニア[5]の馬がほしかった。
そちらには、シトニオイ[6]のレソスの天幕があった。
　その夜私は分捕った馬に乗って戻ったのだ」。
さらにいろいろと描こうとしていたところ、突然波が寄せてきて
　ペルガマ[7]とレソスの陣営をその将とともにさらっていってしまった。
すると女神[8]は言った、「ご出立なさろうとするあなたが信頼を寄せる
　波が、偉大な名前の数々を消し去ってしまいました、ご覧になって」。
それゆえ、人を欺く容貌などというものに信を置くなら慎重にすること。

いた。航海の途中に難破して島に漂着したオデュッセウスを歓迎し、七年間（あるいは八年間、あるいは二年間）を共に過ごした。ホメロス『オデュッセイア』第五、七歌参照。
（2）トラキアのヘブロス河畔にいた一部族。
（3）レソス。
（4）トロイアの布告使エウメデスの子。トロイア方のスパイとしてギリシア軍の陣営に出かけたが、オデュッセウスとディオメデスに捕えられて殺された。ホメロス『イリアス』第十歌参照。
（5）テッサリア。
（6）トラキア。
（7）トロイアの城砦。
（8）カリュプソ。

また、君が何者であるにせよ、外見以上の価値あるものを身につけよ。
とりわけ巧みに寛容さを見せつけることが女の心をとらえるが、
　一方、辛辣であれば、憎悪と苛酷な争いを引き起こすだけだ。
われわれが鷹を嫌うのは、常に戦闘の準備をして生きているからだし、
　狼を嫌うのも、臆病な羊の群をいつも襲うからである。
一方、燕はおとなしい鳥なので人間の罠にかからずにすむし、
　カオニア[1]の鳥たる鳩も塔に住むことができるのだ。
喧嘩ときつい口論よ、遠ざかれ！
　やさしい愛は甘い言葉で育まれねばならぬ。
妻は夫を、夫は妻を喧嘩して追い出すがよい、
　いつも交互に訴訟を起こしているという気にさせよ。
これが人妻にはふさわしい。夫婦喧嘩こそ人妻の持参金なのだから。
　君の恋人には彼女が聞きたがっている言葉をいつも聞かせるがよい。
法の命令によって君たちは臥所をともにしたのではない。
　君たちにはアモルが法の役割を果たしているのだ。
やさしい甘い言葉と耳を喜ばす言葉を

（1）カオネス族のいた地域（エペイロス北西部）。エペイロスの町ドドナはユッピテルの神託所として有名。そのドドナの神託所の樫の木で鳩が神の意志を伝えた。

　かけるのだ、君がやってきて彼女を喜ばすには。
私は愛の教師として金持ちのためにここに来ているのではない。
　贈り物ができる人物には私の技術は全く必要ない。
好きなときに「取っておけ」と言える人には才覚が備わっているのだ。
　引っ込もう。こういう人物は私が考案した手以上に女に気に入られる。
私は貧しい人々のための詩人である、恋をしたとき私は貧しかったから
　贈り物をすることができなかったので、言葉を贈り物とした。
貧しい者は恋をするにも慎重にせよ、悪口を言うのも気をつかえ。
　金持ちなら我慢できない多くのこともじっと耐え忍ばねばならない。
私はかつて怒りのあまり愛する女の髪をめちゃめちゃにした記憶がある。
　こうして怒ったばかりになんと多くの日々が奪われたことか！
女の下着を引き裂いたとは思わないし、気づきもしなかったが、女は
　私がやったと言い張り、金を払って弁償する羽目になってしまった。
そこで諸君は分別があるならば、諸君の師たる私の過ちを
　避け、私の過失がもたらした損失を警戒したまえ。
戦いはパルティア人(2)とやり、垢ぬけた女とは争いが起きないようにして
　冗談を飛ばしたり、恋心の種になることなら何でもやるがよい。

(2) カスピ海の南東にいた一部族。

女が愛想よくなかったり、惚れた君に親切にしてくれなかったとしても、
じっと辛抱して粘り強く我慢せよ。やがてやさしくなるだろう。
曲がった枝も逆らわずに扱えば樹の幹からたわめられるが、
力まかせにやれば折ってしまうことになる。
流れに逆らわなければ川も泳ぎ渡れるが、川を制することができないのは
流れる方向に逆らって泳ぐ場合だ。
虎でもヌミディア(1)の獅子でも逆らわずにいればおとなしくなる。
牡牛も少しずつ農耕の鋤を負うことになる。
ノナクリス(2)のアタランテよりも粗暴な者がいただろうか。
でもその荒々しい彼女とてメラニオンの男としての価値には屈した。
自らの不運とアタランテのつれない態度を、しばしば
メラニオンは樹の下で嘆いたと伝えられている。
しばしば彼は命じられるままに獲物を欺く網を首にかけ、
しばしば獰猛な猪を無慈悲な槍で仕留めもした。
ヒュライオス(3)のひきしぼった弓で傷を受けたが、
しかし、この弓よりももう一つ別の弓(4)のほうが身にこたえた。

(1) 北アフリカにあった王国。前四六年からローマの属州。ほぼ現在のアルジェリアに相当する。

(2) ノナクリスはアルカディア北部の町。アタランテはアルカディアの王マイナロスの娘。父が彼女を結婚させようとすると、俊足を誇り求婚者たちに競争して勝つことを求め、負けた場合には殺した。すでに多くの若者が殺されたのち、メラニオンが彼女に恋し、アプロディテより与えられた三個の黄金の林檎をもって競争に臨み、追いつかれそうになると林檎を投げた。アタランテがそれを拾っているあいだに、競争に敗れ、彼の妻となった。『変身物語』第十巻では、メラニオンではなくてヒッポメネスがアタランテに勝利したことになっている。

武装してマイナロス山[5]の森に登って行けとか
　首に網をかけて行けとか、私は命令しない。
また放たれた矢に胸を突き出せと命じもしない。
　私の用心深い愛の技術の命じるところはもっと穏やかなものになる。
女が嫌がるようだったら、譲れ。譲ることによって君は勝利者となる。
　彼女が言いつける役をどんな役でもひたすらやるように。
彼女が非難したら君も非難し、彼女が認めるものは何であれ君も認める。
　彼女が言うことは君も言い、彼女が違うと言えば君も違うと言う。
彼女が笑えば君も笑い、彼女が泣けば君も忘れずに泣くのだ。
　君の表情は彼女が課する掟通りとしたまえ。
彼女が勝負事をして手で象牙の骰子を振ったら、
　君は下手くそに骰子を振り、振って出た目の数を間違って動かすのだ。
また、君が骰子を振って彼女が負けても罰金などとろうとするなかれ。
　損な「犬の目[6]」がくりかえし自分に出るようにしたまえ。
もし「泥棒チェス[7]」で駒が進むなら、
　君の「歩兵」が敵の「ガラスの駒」に負けて死ぬようにするのだ。
奴隷ではなくて君自身が日傘の骨を開いて彼女にさしかけ[8]、

(3) アルカディアのケンタウロス。
(4) アモルの弓。
(5) アルカディアの山脈。
(6) すごろくに似たゲームで、「犬の目」が一番弱く、「ウェヌスの目」が一番強い。
(7) チェスに似たゲームか。
(8) 本来は女奴隷の仕事。

君自身が人混みの中で彼女が進める道を空けてやりたまえ。
磨かれた食事用臥台に載ろうとする彼女にためらわずに足台を差し出し、
彼女のやわらかな足にサンダルを脱がせたり履かせたりするがよい。
よくあることだが、君自身が寒さでどんなに震えていようとも君の愛する
　女性の凍えている手を君のふところで暖めてやらねばいけない。
また恥だなどと思ってはいけない（恥だとしてもうれしいことだろう）、
　奴隷ならざる自由民の手で鏡を捧げもってやることを。
継母ユノが怪物を差し向けるのに疲れたとき、
　以前自ら支えていた天をわがものとしたヘラクレスは、
イオニアの娘たちの中で、籠を手にして
　原毛を紡いだりしていたと信じられている[1]。
ティリュンス[2]の英雄ヘラクレスとて愛する女オンパレの命令に従った。
　さあ、かの英雄が耐え忍んだことを、君は耐え忍ぶのをためらうのか。
中央広場に来るよう言われたら、言われた時間よりも早めに
　常に駆けつけ、遅くなるまで立ち去ってはならない。
どこそこへ来るようにと彼女が君に言ったとしたら、なにもかも
　放り出して駆けつけるのだ。雑踏に行く手を阻まれないようにしろ。

（1）「イオニア」は「リュディア」のこと。ヘラクレスはオンパレの命令で女装して羊毛を紡いだりした。
（2）アルゴリスの古い町。ヘラクレスはここで育ったという。

夜、女が宴会のごちそうを満喫して家路につくこともあるだろう。

　そのときにも、女に呼ばれたら奴隷の代わりとして馳せ参じるのだ。

彼女が田舎で「いらっしゃいな」と言うかもしれない。アモルはぐずぐずする輩が嫌い。車がなかったら、歩いて行け。

悪天候であろうと、からからに乾いた天狼星の下(3)であろうと、
　雪が降って道が真っ白になっていようと、遅れてはいけない。

恋愛は一種の戦いである。ぐずぐずしている者たちは退却せよ。
　この軍旗は臆病者が護るべきではない。
夜も嵐も長期の行軍も烈しい苦痛も
　ありとあらゆる労苦がこの優雅な城砦にはある。
曇っていた空から雨が降ってくるのを耐え忍ぶこともよくあるし、
　寒さの中でむき出しの地面に横になることもしばしばあるだろう。
キュントス山生まれの神(4)はペライの王アドメトスの雌牛に草を食ませ、
　小さな小屋に身を潜めていた(5)と伝えられている。
ポイボス(6)にふさわしいことが誰にふさわしくないことがあろうか。

(3) 酷暑の頃。

(4) アポロン。キュントス山はデロス島にあった。

(5) ポセイドンの子キュクロプスたちを殺した罰で、アポロンはペライの王アドメトスの牧人となって過ごさねばならなくなった。

(6) アポロンのこと。

思い上がりをすてよ、誰であれ恋愛を永続きさせたいと心がける者は。
もし君が安全で平坦な道を行くことができず、
　門にしっかりと門がかけられていたら、
天窓からまっさかさまに飛び込むがよい。
　高いところにある窓も君がこっそり忍び込む通路にしたまえ。彼女は
喜び、君がそんな危険を冒したのも自分のためだと判ってくれるだろう。
　これこそ君の意中の女性には確かな愛の証拠となるだろう。
レアンドロス(1)よ、君は恋人がそばにいなくてもいい時もしばしば
　あったのに、心の内を彼女に知らせるべく泳ぎ渡っていたものだった。

女奴隷たちから、その序列に応じて、人望を得ておくこと、
　また、男奴隷たちからも人望を得ておくことを恥じてはならぬ。
ひとりひとり名前を呼んで挨拶するがよい（費用はかからない）、
　下心のある者よ、身分の低い彼らの手を握ってやりたまえ。
だがそうしておいてもねだってくる奴隷に対しては（出費はわずかだ）
　運命女神（フォルトゥナ）の日(2)にちょっとした贈り物をやりたまえ。
女奴隷たちにもやりたまえ、ガリアの軍勢が罰をこうむったあの日、

（1）前五世紀の詩人ムサイオスの『ヘロとレアンドロス』によってよく知られた話。青年レアンドロスは恋人ヘロに会うために、毎晩ヘロの掲げる灯を頼りにヘレスポントスの海峡を泳ぎ渡っていた。ある嵐の夜、灯が消えたためにレアンドロスは溺れ死んだ。また、それを知ったヘロも投身自殺した。

（2）「ノナエ・カプロティナエ（無花果の七日）」の祭（女神ユノに犠牲を捧げる）の日で、七月七日にあたる。ローマの自由人の女たちとの結婚を強要してきたガリア人に対して、ローマの女奴隷トゥトラの策略で女奴隷たちに花嫁衣装を着せて敵に送り、トゥトラの松明を合図に敵陣を襲って壊滅させた。この日が七月七日で、トゥトラが松明を掲げたのが野生の無花果

結婚衣装に欺かれた日に。
いいかね、下層民を君の味方にしておくのだ。その中に、必ず
門番や寝室の扉の前に寝る奴隷を入れておくのだ。

意中の女性には高価な贈り物をせよ、と私は言わない。
ちょっとしたもの、その中で適切なものを機転を利かせて贈るのだ。
畑が地味豊かで、枝が果実の重みで垂れているときには、
畑の贈り物を籠に入れて奴隷に届けさせよ。
郊外の農園から届けられたものだと言っておくことができるだろう、
たとえそれがウィア・サクラ(3)で買ったものだとしても。
葡萄あるいはアマリュリス(4)が好きだった栗を届けさせよ。
——近頃、女性は栗の実など好きではないが——
さらにそのうえツグミ(5)や花冠を送って
君が意中の女性を忘れずにいる証拠とすることもできる。
この贈り物で、他人の死を期待し、子なき老人の歓心を買おうとするのは
醜い(6)。ああ、死んでしまえ、贈り物で罪を犯すような連中は。

（カプリフィークス）の木の上であったことから「無花果の七日」と呼ぶようになった。

（3）「聖なる道」。ローマの主要な街路で、商店なども多数あった。

（4）羊飼いの娘の名。ウェルギリウス『牧歌』第二歌五二行と同じ詩句。

（5）ツグミは珍味とされていた。

（6）子のない老人に近づいて取り入り、遺産相続人に書き加えてもらおうとする「遺産狙い（カプターティオー）」と呼ばれる悪習が横行していた。

また、心優しい詩を送ることを、どうして君に指図できようか。
　ああ、悲しいかな、詩歌はあまり敬意を払われてはいないのだ。
詩歌はほめられはしても、求められるのは立派な贈り物のほう。
　金持ちでさえあれば、蛮人でさえ好かれるのだ。
実際、今こそ黄金時代である。黄金によって最大の
　栄誉が集まるし、愛も黄金によって獲得される。
ホメロスよ、ムーサらに伴われてご自身が来られても、
　何も持ってこなかったら、ホメロスよ、おんみは追い出されるだろう。
とは言うものの、数は極めて少ないが学のある女たちもいることはいる。
また、学はないけれど、そうありたいと願っている女たちもいる。
そのどちらも詩でほめたたえるのだ。朗読奴隷に詩を
　——その質はともかく——甘い調べでほめて歌わせるのだ。
そうすれば、夜も寝ずに女たちを讃えて書いた詩は、学のない女にも、
　ある女にも、ちょっとした贈り物に等しいものになるかもしれない。
しかし、君がやろうとしていて役立つと思うことがあれば、
　君の愛する女性のほうからいつもそれをせがませるようにしたまえ。

君の奴隷の内の一人に自由の身になる約束をしていたとする。しかし、
　その奴隷が自由を請う相手を君の意中の人とするように運ぶのだ。
君が奴隷に罰を免じたり、むごい足かせを免じたりするのなら、
　君がしようとしていることを彼女にやらせて君に借りを作らせるのだ。
実益は君のものに、恩人という名誉は彼女に贈られるようにしてやれ。
　損は出さないようにして、力ある者の役割は彼女にさせておくがよい。
君が誰であれ、女をひきとめようとする心配りがあるなら、
　君が彼女の美貌に夢中になっているのだと思い込ませたまえ。
テュロス染めの服[1]を着ていたなら、テュロス染めの服をほめるがよい。
　コス島産の服[2]を着ていたら、コス島のものが似合うと考えるのだ。
金糸の衣装？　君には金そのものより彼女のほうが貴重だとしておけ。
　毛織りの服を着ていたら、着ているその服もいいねと言ってやれ。
彼女が下着姿で傍に立ったら、「君のせいで燃え上がる」と叫びたまえ、
　ただし、心配そうな声で「風邪には気をつけて」と言っておくように。
髪を結って二つに分けたら、その分けた髪形をほめるのだ。
　鏝で髪を縮らせたら、縮らせたその髪が気に入ったということにする。
踊ったらその腕の振りに、歌ったらその声に感嘆してみせる。

(1) フェニキアのテュロスを産地とするアクキガイで染めた高価な衣装。
(2) エーゲ海の小島であるコス島の絹でできた衣装。透けて見えるほどのものであったと言われている。

女がやめたときには、残念だという気持ちを表わす言葉を用意せよ。
愛のいとなみそのものを、気持ちよかったあのことを
ほめたたえるもよし、夜の喜びを称賛するのだ。
たとえ女が恐ろしいメドゥサ(1)よりも気性が激しかろうとも、
自分の愛する男に対してはやさしく、おとなしくなるだろう。
ただ、こういう言葉で装っていて、実は本心ではないと見破られぬように
注意して、言ったことをその顔つきで台なしにせぬように。
技術は隠れていれば役に立つが、ばれてしまえば恥を招き
当然のことながら、いついつまでも信用を失うことになる。

よくあることだが秋に入って一年で最も美しい季節となり、
葡萄が紫色の果汁で一杯になり赤味をおびるころ、
寒さに身の縮むことがあるかと思えば、暑さにぐったりなることもあり、
天気が不安定で体が疲れやすくなる。
彼女が実際元気であればいいのだが、もし体調悪く床につき、
気候の悪さを身に受けて病むことになったとしたら、
そのときには意中の女性へ君の愛と真心をはっきりと見せつけるのだ。

(1) 三人のゴルゴンたちの一人。「女王」の意。顔は醜く、頭髪は蛇、歯は猪のそれ、大きな黄金の翼をもち、その眼は人を石に化す力をもっていた。ペルセウスがその首を切り落とした。

そのときに、のちに大鎌で刈り取る収穫の種をまいておけ。
人を気むずかしくさせる病気のせいで、嫌がられないようにして、
　女がさせてくれることは、君が自らの手でやるように。
泣いているところを見せつけ、せっせと接吻を与え、
　君の涙を彼女の乾いた口で飲ませてやりたまえ。
病気平癒の祈願はたくさん行なうこと。ただし、すべて女の目の前で。
　また好きなだけ彼女に話せる楽しい夢を見たことにしたまえ。
彼女の寝台と寝室を浄める老婆を連れてきて
　その震える手でお祓いの祈祷に用いる硫黄と卵[2]を差し出させるのだ。
こうしたこと全てのうちに好意的な心遣いの印が刻まれることになる。
　多くの人々にとって、こういう方法が遺言書への道を開いてきた。
しかし尽くしすぎて病んでいる彼女から反感を買わないようにしたまえ。
　熱心にご機嫌とりをするにしても、節度があるべきだ。
これを食べてはいけないと言ったり、苦い薬汁の入った盃を
　差し出したりしてはいけない。そんな盃は君の恋仇に調合させておけ。
しかし、海岸を離れるときに帆で受けた風を、

（2）病気のお祓いの際に卵や硫黄が用いられたようである。

海の真ん中に達した今、利用する必要はない。
愛がまだ初々しくて迷いが生じている間に経験を積み自らの力を蓄えよ。
　上手に育てていけば時の経過とともに愛は確固たるものになるだろう。
君が怖がっている牡牛だって、仔牛のときにはよく撫でていたし、
　いま君がその樹下で身を横たえている樹だって、かつては若木だった。
川も生まれたばかりは小さいが、進むにつれて水量を増し、
　流れ行くさきざきで多くの水流を集めるのだ。
女が君になじむようにしたまえ。慣れ親しむ以上に力になるものはない。
　慣れを得るまではどんなうっとうしいことでも避けてはならない。
たえず彼女の前に姿を見せ、たえず君の言葉に耳傾けさせ、
　夜となく昼となく君の顔を見せるがよい。
そばにいないと女に淋しがられているという自信が深まり、
　君が遠く離れていることが彼女の心配の種になったら、
休ませてやるがよい。畑も一休みさせればその借りを十分返してくれる。
　乾ききった大地は天からの雨をよく吸い込むものだ。
デモポオン(1)が傍にいたときはピュリスの胸の焦がれ方もほどほど
　だったが、彼が帆を上げて去ってしまうと、一層激しく燃え上がった。

(1)テセウスの子。トロイアから帰国の途中で嵐に遭いトラキアに漂着し、ピサルタイ族の王の娘ピュリスに恋され結婚した。しかし、彼はアテナイに所用があるのでいったん帰ってまた戻ってくると約束して別れた。ピュリスは約束の日に港に出て待ち受けたが、夫は帰らず、彼女は縊死した。オウィディウス『名婦の書簡』の「ピュリスからデモポオンへの手紙」参照。

智将オデュッセウスは故国を離れたがためにペネロペイアを悩ませた。
　ラオダメイアよ、そなたの夫プロテシラオス[2]も故郷を離れていた。
しかし、不在の期間は短いほうが安全だ。時間がたてば心配も薄れ、
　恋心も、離れていれば冷めていき、新しい恋が入り込むからだ。
メネラオスが留守の間に、ヘレネは独り寝のいやさに
　夜に客人パリスの暖かい胸に抱かれたのだった。
メネラオスよ、これはなんという馬鹿な話であったか。おまえさんは
　一人で出かけ、同じ屋根の下に客人とおまえさんの妻がいたんだから。
気でも狂ったか、びくびくしている鳩を鷹に委ねたり、
　羊でいっぱいの羊小屋を山の狼に委ねるとは。
ヘレネは何の過ちも犯していないし、姦夫[3]も何の罪も犯していない。
　あの男の行動は、おまえさんだって、誰だってやったであろうこと。
おまえさんは時と場所を与えて姦通をさせているようなもの。
　ヘレネはおまえさんの配慮をただ利用したにすぎないのだ。
彼女に何ができる？　夫はいない、野暮とは言えぬ客人がそばにいる、
　誰もいない寝台に一人で寝るのは怖いときている。
アトレウスの子[4]よ、考えてもみよ。私がヘレネの罪を解いてやる。

（2）トロイア遠征にテッサリアのピュラケおよびその付近の兵を率い、四〇隻の船をもって参加した。ギリシア軍の中で最初に上陸し、最初に討死した。討った者はヘクトルとされている。

（3）パリス。

（4）メネラオス。

彼女は人間味あふれる夫にもらった便宜を利用したにすぎないのだ。

怒りのまっただ中にいる褐色の猪が
　猛り狂う犬を、光る牙で突き転がすとき、
雌獅子が乳飲み子に乳を与えているとき、
　小さな蝮が知らずに足で踏みつけられ傷ついたとき、これらは共寝の
寝台にいる恋仇の情婦を捕まえたときの女の荒れ狂いようには負ける。
　そのときの女は怒りで燃え上がり、心の内を顔に表わす。
彼女は慎み深さもうちすてて、刃物や火へ突進し
　まるでアオニア[1]の神バッコスの角に打たれたかのように荒れ狂う[2]。
夫の悪行と破られた結婚の掟に対する復讐を、おのが二人の息子を殺して
　果たしたのは、パシス川流れるコルキス生まれの蛮族の女[3]であった。
もう一人の恐ろしい母親は、君も見ているこの燕[4]だ。
　見たまえ、胸に血の痕がついている。
しっかりと結ばれた固い愛の絆も、この女の嫉妬が解いてしまうのだ。
　用心深い夫はこういう罪を恐れなければならない。といっても、
私は監視して諸君に女は一人だけにしておくようにと言うものではない。

(1) ヘリコン山を含むボイオティアの一地域。ボイオティアの別名としても用いられる。
(2) 酒神バッコスの供の女で憑依現象により狂乱状態に陥ったバッコスの信女。
(3) メデイア。
(4) 燕に姿を変えられたプロクネのこと。プロクネの夫であるトラキア王テレウスは、彼女の妹であるピロメラに恋し、ピロメラを犯して口封じのために彼女の舌を切り取った。彼女は着物にそのことを織り込んで姉に自分の不幸を告げた。プロクネはピロメラを探し出し、わが子を殺して夫に食べさせた。姉妹は逃れたが、テレウスはこれを知ってあとを追い、捕まえんとしたとき、二人は神々に祈り、プロクネは燕に、ピロメラはナ

滅相もない！　結婚したての新妻だってこんなことは守れやしない。
火遊びはけっこうだが、密通はほどほどにして罪は隠しておくように。
悪事自慢などゆめゆめするなかれ。
別の女に気づかれるような贈り物をしてはいけないし、
また、浮気の時間をいつも決まった時間にしてもいけない。
女に密会の場所を探り当てられ捕まらないように、
同じ一つの場所でどの女とも会わないことだ。
手紙を書くときには、そのたびごとに、まず自分で書字板をすみずみまで
点検せよ。多くの女は自分宛に書かれた以上のことを読み取るものだ。
ウェヌスでさえも傷つけられると正義の戦をしかけ、槍を投げ返し、
たった今自分が嘆いたことを今度は君自身に嘆かせようとする。
アトレウスの子アガメムノンが妻[5]一人で満足していた間は、妻も
貞淑だった。だが、夫の不品行により彼女も不貞を働いた。
彼女は聞いていた、クリュセス[6]が月桂樹をもち、髪紐をつけていたが、
娘[7]返還のためにはなんの力にもならなかったということを。
また耳にしていた、略奪されたブリセイス[8]よ、そなたの悲しみも、
そして、恥ずべき遅れ[9]のために戦いが長引いたことも。

イチンゲールに姿を変えてもらった。燕の胸が赤いのは殺したわが子の血の痕だと言われている。

(5) クリュタイムネストラ。

(6) クリュセイスの父。トロイア近くの港市クリュセにあったアポロン神殿の神官。

(7) クリュセイス。

(8) アキレウスが愛していた捕虜の女。

(9) アガメムノンとアキレウスの捕虜の女を巡る不和によってトロイア攻略が長引いた。ホメロス『イリアス』第一歌参照。

ただ、これらは聞いた話。プリアモスの娘[1]は自分の目で見ていた、
　勝利を収めた者が、自ら捕虜とした女の恥ずべき捕虜となったのを。
こういうことでテュエステスの子アイギストス[2]を心と寝室に受け入れて
　テュンダレオスの娘[3]は、いとわしい罪を犯した夫に復讐を果たした。

うまく隠していたと思っていても、なにかの拍子でその行ないがばれて
　しまったら、たとえばれたとしても、とことんまでシラを切りたまえ。
その時には降参してはいけないし、いつもより甘くなってもいけない。
　そういうことは悪いことをしていると示しているも同然。
だが、腰を使うことは惜しむなかれ。仲直りは全てこの一事次第である。
　共寝によって以前の共寝を打ち消すのだ。
毒のあるキダチハッカ[4]の服用をすすめる人がいるが、
　私の判断では、これは毒草だ。
また、ピリッとするイラクサの種を胡椒に混ぜたり、
　すりつぶした黄色いピレトリウム[5]を古酒に混ぜたりもする。しかし、
女神はこんな風にして無理に快楽に達することをお許しにはならない、
　高きエリュクス山[6]の樹陰深き麓で祀られているウェヌスは。

(1)カッサンドラ。トロイア王プリアモスとヘカベの娘。トロイア落城後、アガメムノンは捕虜の女として彼女を連れ帰ったが、クリュタイムネストラの手で殺された。

(2)トロイア戦争にアガメムノンが出征しているあいだにアガムノンの妃クリュタイムネストラと通じ、帰国したアガメムノンを殺害した。

(3)クリュタイムネストラ。

(4)催淫剤として考えられていたようである。次のイラクサの種も同じ。

(5)キク科の植物。媚薬・痛み止めなどに用いられた。

(6)シシリー島西端の山と町。ウェヌス神殿で有名。

ギリシア人のアルカトオスの町[7]から送られてくる白い
　玉葱と、庭でとれる催淫性の草と、
卵をとるがよい。それに、ヒュメットス山[8]の蜂蜜と
　鋭い葉の松がつける実をとるように。

学識ある詩女神エラト[9]よ、どうしておんみは魔術のほうへそれたのか。
　私の戦車はもっと内側の標柱に触れて走らねばならぬ。
私の忠告に従って、たった今まで自分の罪ある行ないを隠してきた君だが、
　次に方向を変え、また私の忠告に従って、隠し事をさらけだしたまえ。
私の気まぐれを咎め立てしないでいただきたい。
　舳先の曲がった船だっていつも同じ風で乗り手を運ぶとはかぎらない。
あるときはトラキア[10]の北風によって、あるときは南東風によって進み、
　帆はしばしば西風をはらんだり、南風をはらんだりするからだ。
見るがよい、戦車の御者がときには手綱をゆるめ、
　ときには疾駆する馬を巧みにひきしめる様子を。
気をつかいながら親切にしても、それをありがたがらず、
　競争相手がいないと愛がなえてしまう女たちがいる。

(7) メガラ。
(8) アテナイ近郊の山。
(9) ムーサの一人。独吟抒情詩を司る。
(10) マケドニアの東の広大な地方。

順境にあれば、たいていの場合、増上慢がつのり、
　変わらぬ心で身の幸せを受け取るのは容易ではない。
ちょうど火が勢いを失い次第に弱まり
　火そのものは見えなくなり、その表面は灰が白くなっているが、
しかし、硫黄を加えると、消えていた炎が
　また燃え上がり、前にあった光が戻ってくる、そのように
心も落ち着くと活発さを失い、心配がなくなると麻痺してしまう。
　愛は強烈な刺激によって呼び覚まさねばならない。
君のことで心配になるようにしむけ、冷めた気持ちをもう一度熱くせよ。
　君が過ちを犯していることを聞かせて彼女を青ざめさせるがよい。
四重と言わず、数え切れないほど何重も
　幸せなのだ、女を傷つけて悲しませた男は。
男の過ちが聞きたくもない耳に届くやいなや
　女は気を失い、哀れにも声も顔色も失ってしまう。
私とて、狂ったように女に髪の毛をかきむしられる男になりたいものだ。
　また、こんな男になりたい、柔らかい頬を爪でひっかかれるような男、
涙を流しながら見られる男、恐ろしい眼でにらみつけられる男、あなた

なしでは生きてゆけない（死ぬつもりなどないのに）と言われる男。
傷ついた女を嘆かせておく期間をお尋ねなら、それは短くしておくこと、
　ぐずぐずしていて女の怒りが勢いをもりかえしてこないように。
すぐに白いうなじに腕をまわし、
　泣いている女を君の胸に抱きしめてやらねばならない。
泣いている彼女に接吻し、泣いているままに性の喜びを与えるがよい。
　仲直りができるだろう。これが怒りを解く唯一の方法だ。
彼女がとことん荒れ狂って、確かに君の敵だと思えるようになったら、
　そのときこそ共寝による和睦を求めよ。女はおとなしくなるだろう。
そこに武器は捨てられ、女神コンコルディア[1]が住まいたもう。
　そこに、いいかね、女神グラティア[2]も生まれたもうのだ。
さっきまで争っていた鳩もくちばしを合わせ、
　鳴き声は甘い睦言となる。

万物の原初は秩序のない混沌とした塊で、
　星、大地、海が一つの様相を呈していた。
やがて天が地の上に置かれ、陸地は海に取り巻かれ、

（1）ローマ国内の市民、あるいはその内部の諸団体の和合一致の表象としての女神。その最古で主要な神殿が中央広場（フォルム）の近くにあった。
（2）美と優雅の女神。「グラティアエ」は複数形。ギリシアのカリス（「カリテス」は複数形）に相当する。

空虚なるカオスは自らの場所へ退いた。
森は獣を、空は鳥を受け入れて住まわせ、
流れる水には、魚たちよ、お前たちが隠れることとなった。
その頃人類は人気のない野原をさまよっていて
人間といっても、ただの腕力と粗野な肉体があるにすぎなかった。
森が家で、食べ物は草、寝床は草の葉であり、
長い間、誰にとっても自分以外の知り合いはいなかった。
甘い快楽が荒々しい心を和らげたと伝えられている。
男と女がひとつの場所で体をあわせたのだ。
教える者は誰もいなかったが、彼らは自ら何をすべきかを知った。
ウェヌスはなんの技を用いることもなく甘美な仕事を成し遂げられた。
鳥にも愛する相手がいるし、また、喜びを共にする相手を
雌の魚も水の中で見つけ出す。
雌鹿も相棒のあとを追いかけ、蛇は蛇とからみあい、
雌犬は雄犬と交尾してつながったままである。
雌羊は喜んで後から雄羊に乗られ、雌牛もまた牡牛を喜んで受け入れ、
鼻の低い雌山羊も汚い牡山羊を背に乗せる。

雌馬は発情して狂乱状態に陥り、距離を隔てた
　遠い地域を横切り、川に隔てられても、牡馬を追いかけてゆく。
であるから、さあ、怒っている女に強力な薬を与えるがよい。
　その薬だけが激しい怒りを癒やしてくれるのだ。
その薬はマカオン(1)の調合した薬汁にもまさる。
　君が過ちを犯したときにはこの薬によって元の位置に戻らねばならぬ。

こうしたことを私が歌っていると、突然アポロンが現われ、
　黄金の竪琴の弦を親指でかき鳴らされた。
手には月桂樹をもち、聖なる髪にも月桂樹を巻き付けておられた
（見てそれと分かるように詩人として近づいて来られる）。
アポロンは私にこうおっしゃった、「放縦なるアモルの師匠よ、
　いざ、そなたの弟子をわが神殿に連れてくるがよい。
世界にあまねく知れ渡る文字、
「汝自身を知れ」と命じる文字が刻まれている神殿(2)へ。
自分を知った者のみが分別ある恋をし、
　自らの力に応じてなにごともまっとうするだろう。

（1）医神アスクレピオスの子。トロイア遠征に参加し、医者としてまた戦士として活躍した。

（2）デルポイにあるアポロン神殿。

生まれつき美貌を与えられた者はその点から眺められるべきだし、
　また、色白の肌の持ち主は肩を出してしばしば横になるべし、
話で人を喜ばせる者は何も言わない沈黙を避け、
　歌うに巧みなる者は歌い、飲むに巧みなる者は飲むべし。
されど、雄弁なる者も談話の最中に演説すべからず、
　詩人も正気を失って自作を朗読すべからず」。
このようにポイボス[1]は忠告なさった。ポイボスの忠告には従うがよい。
　この神の聖なる口から出る言葉には確かな信頼がおける。

より身近なことに戻ることにする。誰であれ分別ある恋をする者は勝利を
おさめ、私の説く技術によって求めているものを得られることになる。
畑の畝は必ず利息をつけて任せたものを返してくれるとはかぎらないし、
　風は必ず波間に漂う小船を助けてくれるとはかぎらない。
恋人たちを助けてくれるものは少なく、傷つけるもののほうが多い。
　恋する者は心に耐え忍ばねばならぬことが多いと覚悟すべきである。
アトス山[2]にいる兎の数ほど、ヒュブレ山[3]に育つ蜜蜂の数ほど、
　パラス[4]の青灰色の樹たるオリーヴがつける実の数ほど、

(1) アポロンのこと。

(2) マケドニアのストリュモン湾に臨む高山。

(3) シキリア島（シシリー島）の山。

(4) アテナ（ミネルウァ）のこと。

海辺の貝の数ほど、恋の苦しみは多い。
　われわれが胸に受ける矢じり(5)は多くの毒で濡れているのだ。
外出したと言われた当の女を君がたまたま見かけることもあるだろう。
　外出しているんだから、目にしているのはニセ者と考えたまえ。
約束した夜に入ろうとすると戸口が閉められていることもあるだろう。
　そのときには汚い地面でも我慢し身を横たえることだ。
おそらく嘘つきの小間使いが思い上がった顔をして、言うだろう、
　「この男の人、どうしてうちの戸口の邪魔をするのかねえ」。
戸口の柱にも、つれない女にも、膝を屈してご機嫌とりをするがよい、
　そして、頭から薔薇の花冠をはずして戸口にかけておくこと。
女にその気があるのなら近づき、君を避けているようなら離れればよい。
　自由民たる者は疎まれているのを我慢するべきではない。
「この方からは逃げ切れない」と意中の女性に君は言わせたいのかね。
　いつもいつも女の気持ちが君に逆らうとは限らない。
女に悪口を言われたり、ぶたれたりすることを
　また、やわらかな足に接吻することを恥と思うなかれ。

(5) アモルの放ったもの。

なぜ些細なことに手間取るのか。取り組みたいのはもっと大きなもの。
　大いなることを私は歌う。諸君、全身全霊を傾けて聴いてくれたまえ。
私は困難なことをなしとげようとしているが、困難なくして功業なし。
　私の技術には苦難が求められているのだ。
恋仇には辛抱強く耐えることだ。勝利は君のものとなる。
　君は偉大なるユッピテルの砦(1)に立つ勝利者となるだろう。
君にこれを告げるのは人間ではなくてペラスゴイ(2)の樫の樹(3)だと
　信じたまえ。私の技術にこれ以上の意味があるわけではない。
女が恋仇にうなずいても我慢、手紙を書いても書板には触れるな。
　女には好きなところから来させ、好きなところへ行かせるがよい。
夫たるものは正式の妻にはこういう自由は許しているのだ、
　やさしい眠りよ、お前が助けにやってくるときには。
正直に言うが、この技術に関しては私とて完璧とは言えない。
　どうすべきか？　私自身が私の忠告するところに届かないのだ。
私の見ているところで誰かが私の愛する女に合図を送ったりしたら、
　我慢できるだろうか。やみくもに怒りに突き動かされるのではないか。
今でも覚えているが、私の愛する女に彼女の亭主が接吻したことがあり、

（1）カピトリウム。
（2）ギリシア人。
（3）ギリシアのエペイロス地方にあるドドナのゼウス神殿には聖なる樫の木があり、その葉のそよぐ音によって神官が託宣を下した。

その接吻に私は不平を言った。私の愛は野暮の骨頂だ。
一度ならずこの欠点のせいで私は損をした。わけ知りの男とは
　他の男が通ってきても愛想よくしていられる亭主のことだ。
しかし、知らないままでいるほうがずっとよかった。密通には蓋をして
　おくがいい、不貞が顔に出て、恥じらいすら失せてしまわぬように。
なおのこと、若者よ、諸君の恋人の密通の場をおさえることは慎め。
　過ちはさせておいて、過ちを犯した女たちに騙せたと思わせておけ。
つかまえれば、彼らの恋心は燃え上がる。二人の運命が一つになれば、
　それぞれが自分たちの破滅の原因に執着するからである。

天上界に広く知れ渡っている話がある。
　マルスとウェヌスがムルキベルの策略でとらえられた話だ[4]。
父なる神マルスはウェヌスへの狂おしい恋に心かき乱されて
　恐ろしき武将から、ただの恋する者になりさがってしまった。
ウェヌス（この女神ほど心やさしい女神はいない）は、言い寄ってくる
　グラディウス[5]に野暮でもなければ気むずかしくもなかった。
ああ、この奔放な女神ウェヌスは夫[6]の不自由な足を何度笑い、

（4）ホメロス『オデュッセイア』第八歌、オウィディウス『変身物語』第四巻に語られているマルス（アレス）とウェヌス（アプロディテ）の姦通の物語。ムルキベル（あるいはウルカヌス）はギリシアのヘパイストスと同一視され、アプロディテの夫とされている。
（5）マルス。
（6）ウルカヌス（ヘパイストス）。

鍛冶仕事のために硬くなった手を何度笑ったと伝えられていることか！
同時にマルスの目の前でウェヌスはウルカヌスのまねをし、それがよく似
　合い、大いなる魅力が美貌と混じり合っていた。
しかし二人ははじめ共寝をしたことを用心して隠したものであった。
　不義密通に恥じらう慎み深さが十分にあったのだ。
太陽神[1]が暴露したため（誰が太陽神の眼をあざむけよう）、
　ウルカヌスに妻の所業が知られるところとなってしまった。
太陽神よ、なんと悪しき先例を示されるのか。女神に口止め料をお求めに
　なれば、黙っていれば女神が許し与えるものをおんみにも与えたはず。
ムルキベルは寝台のまわりと上に、それと分からぬように
　網の罠をしかける。この仕掛けは眼には見えないようになっている。
神はレムノス島へ出かけるふりをする。恋する二人は約束通りにやって
　くる。二人は裸で横になったままで罠にからめとられてしまう。
ウルカヌスは神々を呼び、捕らえられた二人は見世物を提供する。
　ウェヌスはほとんど涙をこらえきれなかったそうだ。
二人は顔を覆い隠すことができないし、さらに、
　隠し所に手をあてがうことさえできない。

（1）ソル（ヘリオス）。

このとき、ある神が笑いながら「最強の神マウォルス[2]よ、その鎖が
　おまえさんに重荷だというのなら、この俺によこしな」と言う。
ネプトゥヌス[3]よ、おんみの懇願により、ウルカヌスは二人の体の
　縛めを解く。マルスはトラキアへ、ウェヌスはパポス島へと急ぐ。
ウルカヌスよ、おまえさんのおかげで二人はこれまで隠していたものを
　もっと大っぴらにやることになる。廉恥心など吹っ飛んだから。
だが、正気を失い馬鹿なまねをしたとおんみもたびたび白状しているし、
　伝えられるところによると、おんみは自らの技術を後悔したとのこと。

諸君はこうしたことはしてはならない。捕えられたディオネ[4]も禁じて
　おられる、自らがかかったあのような罠をしかけることを。
諸君も恋仇に罠をしかけてはならないし、また、
　女がひそかに手でしたためた手紙を横取りしてはならない。
それを奪い取る価値があると思って奪い取っていいのは、火と水を
　手渡す婚礼のしきたり[5]によって正式に夫となるはずの男だけだ。
いいかね、くりかえし明らかにしておく。ここでは法律で許されている
　範囲での愛の戯れだけだ。私の戯れ歌には良家の婦人は入っていない。

（2）マルス。

（3）ギリシアのポセイドン。

（4）ウェヌス。

（5）花嫁が花婿の家に入るとき、家庭生活の象徴としての火と水が花婿の手から花嫁に手渡されるしきたりになっていた。

誰がケレス(1)の祭儀を大胆にも世俗の徒に公表するだろうか？
また、サモトラケ島で執り行なわれる盛大な秘儀(2)を広めるだろうか？
ものごとに対して沈黙を守るのは、なるほど小さな徳ではあるが、
これに対して、沈黙すべきことを喋るのは重い罪である。
ああ、当然のことだ、樹から果実を取ろうとしても取れず、
水のまっただ中で喉の渇きに苦しんでいるお喋りタンタロス(3)は！
特にキュテラ(4)の女神は自らの秘儀に口を閉ざすよう命じておられる。
誰であれお喋りはこの秘儀(5)に近づかないように、これが私の忠告だ。
たとえウェヌスの秘儀が箱に隠されることはなく、
うつろな銅鑼が狂ったように打ち鳴らされて響きわたることもなく、
われわれの間で日常的にあるものとしても、
われわれの間で隠しておくことが望ましい。
ウェヌスご自身も衣服を脱ぐときはいつでも
いくらか身をかがめて左手で隠し所を覆っておられる。
家畜はところかまわず人前でも交尾するが、これを見ると
若い女は確かに顔をそむけてしまう。

(1) ギリシアの女神デメテルのこと。アテナイ近郊のエレウシスで行なわれる秘儀の内容を信者は決して明かしてはならないとされていた。
(2) プリュギアの豊穣神カベイロイ崇拝の秘儀宗教。
(3) ゼウスとプルトの子。リュディアの王。巨富を有し神々に愛されていたが、ゼウスに教えられた秘密を口外したため、地獄に落ちて永劫の罰をうけ、永遠の渇きに苦しめられることになった。
(4) エーゲ海の島。ウェヌス崇拝で有名。
(5) 性のまじわりのこと。

われわれの秘め事には寝室や戸のあるところがふさわしく
　恥ずべきところは服をまとって隠されている。
そして、真っ暗闇ではないにしても、薄暗いところ、
　むき出しの日の光のささないところをわれわれは求める。
日光や雨がまだ屋根によって防がれることがなく、
　樫の木が屋根と食物を提供していたころでも、
白日の下ではなく、森や洞窟の中で快楽は共にされた。
　未開の人々でさえ羞恥心に対する配慮はそれほど大きかったのだ。
ところが昨今は、夜の営みに勲章を授け、
　口に出して自慢できなければ、大金をはたいて買わない始末。
つまり君は女がいれば、どこであれ、どんな女でも品定めをするのか？
　誰に向かってでも、「あれも俺の女だった」と言わんがために？
指で指し示すことができる女に事欠くまいとして
　君は一人一人手をつけて醜聞とするわけか？
私の苦言はあと少し。ある連中は本当だったら否定するような話を
　捏造し、自分と寝なかった女は一人もいないなどと豪語する。
体のほうが意のままにならぬと、意のままになる名前に手をつけ、

体には指一本触れぬまま、名前が噂を立てられ罪を着ることになる。
さあ、憎らしい門番よ、女の家の戸口をしっかりと閉め、
頑丈な門柱に百本の閂をかけておけ。
安泰というものがあるだろうか、名前だけの姦夫が現れ、
ありもしないことを信じ込ませようとしたならば。
私としては本当にあった情事でも告白するのは控えるし、
秘密の密通は約束を固く守って隠し通すのだ。

とりわけ女の欠点を悪く言うのは控えるがよい、
欠点を見て見ぬふりをしておくことが多くの男にとって役に立った。
アンドロメダ(1)の肌の色は、男によって非難されることはなかった、
その男とは両足にすばやく動く翼をつけたペルセウスのことだ。
アンドロマケ(2)が普通より背が高いことは誰の眼にも明らかだったが、
ほどよい背丈だと言ったのは、ただ一人ヘクトルだけだった。
我慢しにくいことも慣れれば我慢しやすくなる。時間が経てば多くの
欠点は緩和されるが、愛は初めのうちはどんなことでも感じてしまう。
接ぎ木された若枝は、緑の樹皮の上で成長しているうちは、

(1) エティオピア王ケペウスとカッシオペの子。エティオピアの王女であり肌の色は黒い。
(2) トロイアの王子ヘクトルの妻。

ちょっと風が吹いても揺さぶられて落ちてしまう。
やがてその枝は時とともに固くなり、風が吹いてもしっかりと立ち、
がっしりとした樹になって接ぎ木としての実を結ぶようになる。
月日そのものが体から欠点をことごとく取り去り、
前には欠点であったものが、欠点ではなくなる。
慣れないうちは牛の皮の臭いに鼻は我慢できないが、
時間がたつと鼻も慣らされて臭いが気にならなくなる。
言い方次第で欠点をやわらげることもできる。「浅黒い」と呼ぶがよい、
イリュリア産(3)の瀝青よりもその血が黒い女には。
やぶにらみの女ならウェヌスに、髪が黄褐色ならミネルウァに似ている、
やせこけて元気のない女には「すらりとしている」と言えばよい。
背が低い女であれば「きびきびしている」、太った女には「ふくよかな」
と言う。欠点はそれに最も近い美点で隠すべし。
歳はいくつだとか、誰が執政官の年(4)に生まれたのかなどと尋ねるべき
ではない。そういうことは厳格な監察官のなすべき仕事だ。
とりわけ女が花の盛りを過ぎ、女盛りも終わってしまい、

(3) アドリア海東岸にいたイリュリイ族の国。

(4) 執政官は一年交代であったので、年号の代わりになっていた。

　はや白髪を抜き始めた場合にはなおさらである。
おお若者たちよ、こうした女あるいはさらに年増の女は重宝なのだ。
　こういう畑は収穫をもたらすし、種をまくのに値する。
体力と年齢が許す間は労苦を我慢するのだ。
　やがて足音立てずに腰を曲げた老年が忍び寄ってくるだろう。
櫂で海に分け入るか、あるいは、犂で大地に分け入るか、
　あるいは、好戦的な手を荒々しい戦に向けるか、
あるいは、体力と精力と努力を女に注ぐがよい。
　これもまた戦であり、これもまた君の力を必要とする。
加うるに、ああいう年増の女には、あの方面についてはより知恵があり、
　経験があり、女を床上手にしているのはそれだけだ。
彼女たちは年齢から損している部分を身ぎれいにすることで埋め合わせ、
　年増女に見えないように気を遣う。
そして君の望み通り千もの体位でウェヌスのまじわりをしてくれる。
　どんな絵を見たってこれ以上のやり方は見つからない。
こういう女たちは刺激をうけなくても快楽を感じる。
　あれの喜びは女も男も等しく享受すべきである。

私は男も女も共にぐったりとならないような共寝は嫌いだ。
　これこそ私が少年愛にさほど心動かされない理由である。
私が嫌いなのは、仕方がないので身をまかせる女や、
　心動かされずに羊毛を紡ぐ家事のことばかり考えている女。
義務的に与えられるような快楽は私にはありがたくない。
　どんな女にも私に対して務めを果たすようなことはさせたくない。
女が自分の喜びの声を漏らすのを聞くのがうれしい、
　私に「待って」とか「ちょっとそのまま」とかねだる声を聞くのが。
愛する女が錯乱状態でもうだめと訴えるような眼を見たいのだ。
　彼女をぐったりさせて、かなりの間、触られるのもいやと言わせたい。
自然はこのようないい点を年若い娘には与えてはくれない、
　これは女が三五歳を過ぎると急に現われるのが普通である。
急いでいる者は新酒を飲むがよい。この私には昔の
　執政官のころに仕込んだ壺から古酒を注いでもらいたい。
プラタナスも植えて大きくならなければ日の光を遮ることはできないし、
　生えたばかりの草原の草は裸足の足を傷つける。
なに、君はヘレネよりもヘルミオネ(1)のほうがいいと言うのかね？

(1) ヘレネの娘。

ゴルゲ[1]のほうがその母よりもよかったと言うのかね？
君が誰であれ、年増女との愛の交わりをしてみたいと思うなら、
　我慢さえできれば、それにふさわしいご褒美が得られるだろう。
見よ、わけ知りの臥所が愛する二人を迎え入れた。
　ムーサよ、寝室の閉ざされた扉のところでじっとしておられるがよい。
おんみがおられなくても、ひとりでに次から次へと言葉が出てくるし、
　左手も臥所の上でなにもしないまま横たわっていることはないだろう。
二人の指もあの部分でなすべきことを見出すだろう、
　アモルがひそかに矢を刺したあの部分で。
その昔、比べる者なき勇猛なヘクトルもアンドロマケにこうしたのだ、
　彼はただ戦いにのみ役立つ男ではなかった。
偉大なるアキレウスも囚われのリュルネッソスの女[2]にこれをした、
　敵との戦いに疲れてやわらかな臥所に身を横たえたときに。
ブリセイスよ、そなたはあの手でさわられることを許した、
　プリュギア人[3]を殺してたえず血まみれになっていたあの手で。
淫奔なる女よ、まさしくそのことがそなたを喜ばせたのではなかったか、

（1）オイネウスの娘。メレアグロスとデイアネイラの姉妹。テュデウスは彼女が父と交わって得た子といわれている。

（2）ブリセイス。アキレウスが愛していた捕虜の女。

（3）トロイア人のこと。

そなたの手足に勝利者[4]の手がのびることが。
いいかね、性の快楽は急いではいけない、
　ゆっくりと時間をかけて少しずつ誘い出されるべきものだ。
女がさわられて喜ぶところが見つかれば、
　恥ずかしいということでさわるのを遠慮することなかれ。
そうすれば君は女の眼が震えながらきらめいて輝くのを見ることになる、
　ちょうど日の光がしばしば澄んだ水にきらめくように。
それに哀願の声があがり、愛らしいささやきが洩れ、
　そして甘いため息と愛の戯れにふさわしい言葉が加わるだろう。
だとしても、君は帆を一杯に張って先に進み、女を
　後に残してはいけないし、また、女を君より先に走らせてもいけない。
並んで一緒にゴールに向かいたまえ。快楽が十全に満ちるのは
　男も女も等しく力尽きて横たわるときなのだ。
君がこの進路を守るべきなのは、ぶらぶらする時間が与えられ、
　人目を忍んでなされることが、恐れでせかされない場合である。
ぐずぐずしていると安全でない場合には、すべての櫂に力を入れ、
　疾走する馬に拍車をかけるのが得策というものだ。

（4）アキレウス。

私の仕事も終わりだ。若者たちよ、感謝の気持ちがあるなら、棕櫚の枝を
　捧げ、香油をつけた私の髪にミルテの花冠を持ってきてくれたまえ。
ギリシア人の中でポダレイリオス[1]が医術にすぐれ、
　アイアコスの孫[2]がその右手の力に、ネストル[3]がその知恵に、
カルカス[4]が臓腑占いに、テラモンの子[5]が武勇に、アウトメドン[6]が
　戦車にすぐれているほどに、私は恋の技に大をなせる者である。
男たちよ、私を詩人として称え、私を賞賛してくれたまえ。
　わが名前が世界中に歌われんことを。
私は諸君に、ウルカヌス[7]はアキレウスに、武器を提供した。彼が
　勝利を収めたように、諸君もこの贈られた武器で勝利を収めたまえ。
されど、誰であれ、わが剣でアマゾン[8]を倒した者は、その戦利品に
　こう書き付けてくれたまえ、「ナーソーがわが師であった」と[9]。
見よ、若い女の子たちが教えを授けてもらいたいと請願している。
　君たちのことだよ、次に私の詩が歌おうとしているのは。

(1)医神アスクレピオスの子でマカオンの兄弟。名医でトロイア遠征に参加した。
(2)アキレウス。
(3)トロイア遠征のギリシア人の中での最長老。トロイア戦争には二人の息子とともに九〇隻の船を率いて参加した。人間の三代目まで生きたと言われている。
(4)トロイア遠征のギリシア軍の予言者。
(5)アイアス。サラミス王テラモンの子。ギリシア軍の中でアキレウスに次ぐ闘将。
(6)英雄アキレウスの、その死後は、彼の子ネオプトレモスの戦車の御者。
(7)ローマの火の神で、ムルキベルとも呼ばれる。のちギリシアのヘパイストスと同一視されている。

（8）軍神アレスとニンフのハルモニアを祖とする女武者よりなる民族。その王国は北方の未知の地にあると考えられていて、女だけで成っていた。女王ペンテシレイアはアキレウスに討たれた。

（9）戦利品には名前を書き付ける習慣があった。ナーソーはオウィディウスのこと。

第三巻

私はギリシア人にアマゾン族攻撃の武器を与えた(1)。まだ残っている
武器は、ペンテシレイア(2)よ、そなたとそなたの軍勢に与えよう。
そなたらも等しく戦に打って出よ。勝利を収めるがよい、慈悲深い
ディオネ(3)と世界中を飛び回るアモルに庇護される女たちよ。
女たちが武装した男たちと丸腰で戦うのは公平ではない。
男たちよ、それで勝利を収めても恥というものだ。
大勢の中にはこう言う者もでてくるだろう、「なぜお前は蛇に毒を
与え、凶暴な雌狼に羊小屋を明け渡すのか」と。
わずかな数の女たちの罪を女全体になすりつけるのは控えるがよい。
どんな女もそれぞれの長所によって判断すべきなのだ。
アトレウスの年下の子(4)がヘレネに対して(5)、ヘレネの姉(6)に対して

(1)恋愛は戦争に関する比喩を用いて表現され、愛の戦いは、男軍（ギリシア人）対女軍（アマゾン族）の戦いということになる。
(2)アマゾンの女王。
(3)ウェヌス（アプロディテ）。
(4)メネラオス。
(5)ヘレネが夫メネラオスと娘ヘルミオネを捨ててパリスとともにトロイアへ出奔したこと。
(6)クリュタイムネストラ。アガメムノンのトロイア遠征中にアイギストスと姦通した。
(7)アガメムノン。
(8)アンピアラオス。アルゴスの英雄で予言者。アドラストスの妹エリピュレを妻とする。テーバイへ向かう七将の出陣を決めたアドラストスがアンピアラオスの参加を求めたとき、予言者は自らの死を予見しながら、

アトレウスの長子[7]が、罪を責めてしかるべき理由があるとしても、
オイクレスの子[8]がタラオスの娘エリピュレの罪ゆえに
　生きながら生きた馬に乗って冥界に降ったとしても、
一方ペネロペイアは貞節を守り抜いたのだ、夫[9]が十年ものあいだ放浪し
　かつまた同じ年月のあいだ戦いに明け暮れていたにもかかわらず。
ピュラコスの孫[10]とその妻のことを考えてみよ。彼女は夫に従って
　トロイアへ行き、寿命の尽きる前に死んだと伝えられている。
パガサイ[11]の人妻[12]は夫アドメトスの命を自らの死によって救い、
　夫の代わりに妻が夫の葬儀の場に連れて行かれた。
「カパネウス[13]よ、私を受け入れて。骨灰として一緒になりましょう」と
　言ったのは、イピスの娘[14]で、彼女は火葬の薪の山に身を投じた。
「美徳」自身もまたその衣装、その名前からして女性である[15]。
　だから女神が同性の人々に気に入られたとしても不思議ではない。
とはいえ、私の技術はこのような気高い精神を必要としない。
　私の小舟にはもっと小さな帆が似つかわしい。
私が教えるのは浮気心による愛のみ。
　女はいかにすれば愛されるようになるかをこれから説くことにしよう。

敵将に買収されていた妻エリピュレに説き伏せられてテーバイ攻めに加わった。
(9)オデュッセウス。
(10)プロテシラオス。彼はトロイアに着いて、最初に上陸し、最初に討ち死にした。その妻ラオダメイアは夫の死を知って、神々に請うて三時間だけ夫を生き返らせてもらい、共に冥府に降った。
(11)テッサリアの町。
(12)アルケスティス。アドメトス王の妃。アドメトスの身代わりとなって死ぬこととなったが、ヘラクレスが彼女を死神タナトスから奪い返した。エウリピデス『アルケスティス』参照。
(13)テーバイ攻めの七将の一人。城壁を登っているときにゼウスを侮辱したため、神の雷霆に撃たれて死んだ。

女は松明の炎も凶暴な弓もふりまわしたりしない。
　こういった武器が男を傷つけるのを見ることは稀である。
男はよく女を騙すが、若い娘が男を騙すのはあまりないし、
　調べてみても、騙した罪は取るに足らないものだ。
裏切り者のイアソンはすでに母の身となっていたパシスの女[1]を捨て、
　アイソンの子[2]の胸ふところには別の花嫁がやってきた。
テセウスよ、おんみに関して言えば、アリアドネは海鳥の
　餌食とされた、見知らぬ土地にただ一人置き去りにされて。
一本の道がなぜ「九つの道」[3]と呼ばれているのか尋ね、そして
　耳傾けよ、森が木の葉を落としてピュリス[4]のために嘆き悲しむ声を。
客人アイネイアスは神々への敬虔さで評判が高いにもかかわらず、そなた
　に剣を与え、エリッサ[5]よ、そなたの死の原因をつくったのだ。
そなたらの破滅の原因をお話ししよう。愛する術を知らなかったからだ。
　技術を欠いていたのだ。愛は技術によって永続きするものだから。
今でも知らないでいたいのならいてもよいが、キュテラの女神[6]が私に
　教えるよう命じられ、おんみずから私の目の前にお立ちになり、私に

(14) エウアドネ。カパネウスの妻。
(15)「美徳（Virtus）」は女性名詞で神格化され、アマゾンのような姿で表わされている。

(1) メデイア。コルキスの王女。「パシス」はコルキスの川。
(2) イアソン。
(3)「エンネア・ホドイ」。ピュリスは去って行ったデモポオンが戻っていないか確かめに九度海岸に走って行ったところから、この名がある。
(4) トラキアの王女。戻ってくると約束してアテナイに立ち去ったデモポンが約束を守らなかったためピュリスは縊死した。
(5) エリッサはカルタゴの女王ディドのこと。女神ウェヌスの子でトロイアの王族アイネイアスはトロイア落城後ローマ建国

こう申された、「哀れにも女たちは何の罪でこのような目にあったのか。
　武器持たぬ女たちが武装せる男たちに引き渡されているではないか。
そなたの二巻の書によって男たちは恋の道に巧みになったのです。
　こちらの女の側もそなたの助言で教えさとさねばなりませぬ。
かつてテラプナイ(7)の地の人妻ヘレネを罵った詩人ステシコロス(8)も
　やがて恵みさらに深い竪琴にのせて彼女への讃辞を歌った。
そなたを見誤っていなければ（品のある女たちを傷つけてはならぬ）、
　そなたは、生きている限り、女たちの好意を求めねばなりません」。
女神はこう仰せられるとミルテから（というのも髪をミルテで巻いて
　立っておられたからだが）、葉と少しばかりの実を私に賜った。
私はこれらを受け取り神性もまた感じた。天はいよいよ澄み渡って
　輝き、わが胸からは重荷がすっかり消え去った。
女神が私に詩才を授けてくださっている間に、女たちよ、ここから教えを
　求めるがよい、羞恥心と法律と自らの権利に許されている女たちよ。
やがて来たるべき老いの日々を今から心に留めておくがよい。そうすれば
　そなたらにとって時が無為に過ぎ去ることは決してないだろう。

のためイタリアへ向かったが、途中嵐に遭いカルタゴに漂着した。女王ディドに歓待され、二人は恋仲となった。しかし、ローマ建国の使命のため、アイネイアスは女王を捨てて出帆する。女王は悲嘆のあまり、火葬壇に登り、アイネイアスの剣で命を絶った。ウェルギリウス『アエネイス』第四巻参照。

（6）エーゲ海の島。ウェヌスの崇拝で有名であった。

（7）スパルタに近い小さな町。ヘレネの生地。

（8）ギリシアの抒情詩人（前七―六世紀）。詩の中でヘレネを罵ったため罰を受けて失明したが、トロイアへ去ったのはヘレネの幻だったと歌い直して、視力を回復した。

それができるうちに、まだ青春の日々を過ごしている今のうちに、
　遊ぶがよい。歳月は流れる水のように去ってゆくものだ。
流れ去った水は二度と呼び戻せないし、
　過ぎ去った時間も元に戻ることはありえない。
若い時代を活用しなければならぬ。歳月は速歩で滑るように去って行く。
　先の時代がよかったとしても、後に続く時代はそれほどよくはない。
枯れて白いこの藪も、かつて私が見たときは、スミレの花園であった。
　この藪から喜ばしい花冠がつくられ私に贈られたことがあった。
その日がいつかは来るだろう、今は言い寄ってくる男たちを戸口から閉め
　出しているお前さんが、老婆となって独り寝の夜の寒さで震える日が。
お前さんの家の戸口が夜の男たちのけんかで壊されることもなくなり、朝
　敷居にバラの花がまき散らされているのを見ることもなくなるだろう。
哀れなるかな、なんと早く体にはしわが寄ってたるみ、
　つやつやした顔にあった色つやも消え失せ、
娘の頃からあったのよ、と言い張る白髪も
　たちまち頭全体にひろがることだろう。
蛇では薄皮とともに老年は抜け落ちるし、

鹿は角が抜け替わり老いることがない。
一方、われわれの美しさは逃げ去って手の施しようがない。花を
摘み取れ、摘み取らなければ、醜く枯れてしまうだけだ。
そのうえ出産も青春期を短くするし、
収穫も、続いていると畑は老いてゆく。

ラトモス(1)のエンデュミオンゆえに、ルナよ、おんみが赤面することは
なく(2)、ケパロス(3)もバラ色の女神アウロラの恥ずべき獲物ではない。
アドニス(4)はウェヌスのものとなり、今もなおその死が嘆かれているが、
ウェヌスは誰を父としてアイネイアスとハルモニア(5)を産んだのか。
人間の種族よ、女神たちの範に倣って進むがよい、
そなたらの快楽を愛に飢えた男たちに拒むなかれ。
最後に男が騙したとしても、何を失うのか。何もかも元のままだ。
千人もの男が快楽をむさぼるとしても、それで失うものは何もない。
鉄は摩滅するし、火打石も使えばすり減る。
それに対してあの部分は使用に十分耐え、すり減る恐れはない。
目の前にある灯火から灯を取ってはいけないと言う者がいるだろうか、

(1) カリアにある山。
(2) 月の女神ルナ（セレネ）は羊飼いの美青年エンデュミオンに恋し、彼の願いによって不老不死の永遠の眠りを彼に授け、彼女は夜な夜な天上より降って、眠れる恋人と夜をともにした。
(3) 暁の女神アウロラ（エオス）が彼をさらい、二人の間にシリアでパエトンが生まれた。
(4) シリア王とその娘との不倫の交わりから生まれた美少年。狩りの最中に猪に突かれて死に、これを悲しんだウェヌス（アプロディテ）の涙からバラが生まれた。
(5) アイネイアスはトロイアの英雄で、アンキセスとウェヌス（アプロディテ）の子であり、ハルモニアはマルス（アレス）とウェヌス（アプロディテ）の密通による娘である。

深い海の中にいて膨大な量の水を取られまいとする者がいるだろうか。
それでも男に「私のためにはならない」と言う女がいるだろうか。
　事の後に汲む水以外に失うものがほかにあるか、教えてもらいたい。
私はそなたたちに春を売れと言っているのではなくて、根拠のない損失を
　恐れるなと言っているだけだ。身を許したとしても損失はなにもない。
しかし、私はより強い風に吹き寄せられて航海しようとしている。
　せめて港にいるうちは、そよ風に乗ってゆくことにしたいものだ。

まずは手入れから話を始めることにする。よく手入れされた葡萄から
　よき葡萄酒は生まれ、よく手入れされた土からは収穫もうず高い。
美貌は神からの贈り物。美貌を誇りとする女がどれぐらいいるだろう。
　そなたたちの大部分はそのような授かり物はもっていない。
手入れをしていれば見目もよくなるが、放っておくと美しさは消える、
　たとえイダリオン[1]の女神ウェヌスに似た女だとしても。
昔の女が体の手入れをそれほどしなかったとしても、それは、
　昔の男のほうもそれほど身だしなみに気をつかわなかったからだ。
アンドロマケ[2]がごわごわした下着を着ていたとしても、

(1) キュプロス島にある山と町。ウェヌスの神殿があった。
(2) トロイア王プリアモスの息子ヘクトルの妻。

なんの驚くことがあろうか。彼女は無骨な武将の妻だったのだ。
つまり、そなたはアイアス[3]の妻のような姿でまかりでるつもりなのか、
　牛皮七枚張りの大楯をたずさえていたアイアスの妻のような。
昔は粗野な素朴さというものがあったが、今やローマは金色に輝き、
　世界を征服して、その莫大な富を所有している。
カピトリウムの丘の現在と過去を見比べるがよい。
　その神殿は別のユッピテル神のものだと言ってしまいそうだ。
元老院の建物は今は重要な会議にふさわしい立派なものだが、
　タティウス[4]が王権を握っていた頃は藁葺きだった。
今ではポイボス[5]と皇帝一族の下で輝いているパラティウムの丘も
　昔は耕作に出て行こうとする牛たちの牧草地にすぎなかった。
昔のことに心惹かれる人もいようが、私は、今の世に生を受けたことを
　ありがたいと思っている。今の世は私の気質に合っている。
それはなにも地中から細工しやすい金が掘り出されるからでもなければ、
　あちこちの海岸から真珠が集められてくるからでもなく、
大理石が切り出されて山が小さくなるほどだからでもなければ、
　青い海の波が巨大な防波堤によって押し戻されるからでもない。

（3）トロイア戦争におけるギリシア軍の勇将の一人。

（4）サビニ族の王。「サビニの女たちの略奪」に怒ってローマに攻め込んだが、ローマ人と結婚していたサビニ族の女たちの仲介で和睦し、ロムルスがパラティウムの丘に、タティウスがカピトリウムの丘に住み、共同統治者となった。

（5）アポロン。

そうではなくて洗練された文化がわれらにあり、われらの時代には粗野な
　ところが残っていない（父祖の代にはその名残があった）からである。

そなたたちもまた、宝石の耳飾りをぶら下げたりせぬように、
　あの色の黒いインド人が青々とした海から集めてくる宝石の耳飾りを。
また金糸を織り込んだ衣装を重たげにまとって姿を現わさないように。
　このような財宝で男を求めても、逃してしまうことが多い。
男はこざっぱりした美しさに心惹かれる。髪の毛は乱れたままでは
　いけない、手のかけ方次第で髪は美しくもなれば美しさを失いもする。
髪型は一種類とは限らない。それぞれが自分に似合う髪型を
　選んで、自分の鏡と相談するがよい。
面長の顔なら頭に飾りをつけずに髪を分けるのがよい、
　ラオダメイア[1]もそのような髪型をしていた。
額の上で小さな房を残すようにして、
　耳が出るようにする、それが丸顔が望む髪型。
また、人によっては髪の毛を両肩に垂らすのがよい、調べ
　麗しきポイボス[2]よ、おんみはそのような髪型で竪琴を手にされた。

（1）プロテシラオスの妻。
（2）アポロンのこと。

衣をたくし上げたディアナ[3]のように、髪の毛を束ねるのがよい女もいる
——恐れおののく獣を狩るときディアナがいつもする格好だ。
波うつ髪をゆったりと流すのが似合う女もいるし、
ひっつめ髪にかたく結い上げるのがよい女もいる。
キュレネのべっ甲で髪を飾るのが好きな女もいれば、
波に似た髪型にしておきたい女もいる。
枝の多いトキワガシのドングリの数は数え切れないし、
ヒュブレ山[4]のミツバチの数も、アルプスに棲む獣の数も
数え切れないように、私には髪型の数を数え上げることはできない。
一日一日つぎつぎと新しい髪型が付け加わるからだ。
無造作な髪が似合う女たちも多くいる。しばしば昨日のままなのだと
思ってしまうほどだが、実はたった今櫛を入れ直しているのである。
技術は偶然を装うべし。かくして、城市を占領した際、目にした
イオレ[5]にヘラクレスは「この女が好きだ」と言った。
サテュロスたちが「エウホエ」と叫ぶ中で、バッコスは、置き去りに
されたアリアドネよ、乱れた髪のそなたを車に乗せて連れ去ったのだ。
ああ、自然はそなたたちが美しくしようとすることになんと寛大か、

（3）ギリシア神話のアルテミスと古くから同一視されている。月と狩猟の女神。

（4）シシリー島の山。蜜蜂で有名。

（5）オイカリアの王エウリュトスの娘。王は娘をヘラクレスに与えると約束していたにもかかわらず、その約束を守らなかったので、ヘラクレスは彼女を奪い去った。

欠点を埋め合わす手立てはなんと多くあることか。
われら男は禿げてくると見苦しいし、年齢とともに髪の毛は奪い去られ、
ちょうど木の葉が北風に払い落とされて落ちるように、抜け落ちる。
女はゲルマニア産の草で白髪を染める者もおり、
技術によって本物よりもよい色を手に入れることができる。
また、購入したカツラをつけて豊かな髪の毛となって出歩く女もおり、
金で買った他人の毛を自分のものとしている。
しかも買ったことで赤面もしない。公然と売られているのをわれわれも
ヘラクレスの眼前と処女神たちの群像(1)の前で見かけることがある。
着るものについては何を話そうか。衣装の縁飾り(2)は要らないし、
テュロスの貝で染められた深紅の羊毛(3)よ、お前も必要ない。
もっと安い値段で数多くの色が出回っているというのに、
全財産を身につけて歩くというのは何という狂気の沙汰だ。
見るがよい、空の色がある、それも雲ひとつなく
なま暖かい南風が雨をもたらすこともないときの空の色だ。
見るがよい、お前に似た色もある、かつてプリクソス(4)とヘレを
イノの奸策から救い出したと言われる金色の毛の羊よ。

(1) フラミニウスの競争場（キルクス）にある「詩女神を率いるヘラクレス」神殿。
(2) 贅沢品。
(3) 非常に高価であった。
(4) ボイオティアの王アタマスとネペレの子。ヘレはその妹。継母イノの奸策で犠牲に捧げられそうになったが、実母ネペレはヘルメス神から授けられた黄金の毛の羊に乗せて二人の子を逃した。兄のプリクソスはコルキスに着いたが、妹のヘレは羊が空を飛んでゆく途中で目まいをおこして海中に転落した。ここから「ヘレスポントス（ヘレの海）」の名が付けられた。

こちらの色は水の色を模していて、その名も水に由来する。
水のニンフはこの色の衣をまとっていると私は信じたいところだ。
サフラン色に似ている色もある（サフラン色の衣に身を包んでいるのは
朝露に濡れた女神アウロラが光をもたらす馬を車につなぐとき）。
パポス[5]に咲くミルテの色もあれば、紫水晶の色もあり、
白いバラの色も、トラキアの鶴に似た色もある。
アマリュリス[6]よ、そなたの好きな栗の色もアーモンドの色もある。
さらに蠟も「蠟色」という名を毛織物に与えている。
暖かな春になって新たなる大地が生む花の数々、
――葡萄が芽ぐみ怠惰な冬が逃げてゆくあの時――
それと同じかそれ以上の染料を羊毛は吸い込む。確かな色を選ぶがよい。
すべての色がすべての女に似合うということではないのだから。
暗い色は雪のように白い肌に似合う。ブリセイス[7]にも暗い色が似合って
いた。さらわれたときも暗い色の衣装を身につけていた。
白は浅黒い女に。ケペウスの娘[8]よ、そなたも白い衣装で魅力的だった。
このような衣装を着ていたため、セリポスの島[9]は苦しめられたのだ。

（5）キュプロス島の町。
（6）牧歌に登場する羊飼いの少女や田舎娘の名。
（7）アキレウスの奴隷で愛人であったが、アガメムノンがアキレウスから奪ったために、二大英雄の不和のもととなった。
（8）アンドロメダ。エティオピア王ケペウスの娘。ペルセウスはアンドロメダを救い、ディクテュス（ペルセウスの養育者）のいるセリポス島に帰った。
（9）キュクラデス諸島の島。神々はアンドロメダの美しさを妬んでこの島を憎み、貧困におとしいれていたとの言い伝えがある。

忠告しそうなところだった、わきがを腋の下にはいりこませるなとか、
　ごわごわしたすね毛を脚にぼうぼう生やすなとかいったことを。
だが、私が教えているのはカウカソス[1]の岩山から出てきた女や
　ミュシア[2]のカイコス川よ、お前の水を飲んでいる女たちではない。
一々指図する必要があろうか、無精して歯を黒ずませないようにとか、
　朝には水を汲んで顔を洗うようにとかと。
そなたたちは白粉を塗って色白にすることも心得ている。
　血色がよくない場合は技術を用いて赤みを出している。
技術を用いて眉の欠けた端も補正するし、
　傷もない頬に小さな付けぼくろ[3]を貼ることもある。
恥ずかしいことではない、目の縁取りを炭を粉にしたものでしたり、輝く
　キュドノス川[4]よ、おまえのほとりのサフランでしたりするのは。
私には、そなたたちを美しく見せる化粧品について述べた
　小著[5]がある。これは小さいけれど念入りに書き上げた逸品だ。
容貌が損なわれたら、ここからも、その救済策を求めたまえ。
　私の説く技術がそなたたちのために役に立たないということはない。
しかし、化粧品の箱を机の上に出しておいて、愛する男が見つけてしまわ

(1) コーカサスのこと。未開の蛮族の地とされていた。
(2) 小アジア北西部の国。ここも蛮族の地とされていた。
(3) おしゃれとして頬に貼った。
(4) 小アジア南東部のキリキア地方にある川。
(5) 初期の作品である『女の化粧法』。一〇〇行が現存。

ぬように。化粧術はそれと判らぬようにしてこそ容貌を引き立たせる。
気分を害さない男がいるだろうか、顔中塗りたくった白粉が
　その重みで剥げ落ちて、暖かい胸に垂れ落ちるときには。
オエシュプム(6)（アテナイから送られてくる）はなんといやな臭いを
　放つことか、羊の汚い毛から取った化粧液のことだ。
人前で鹿の骨髄を混ぜた化粧品をつけたり、
　人前で歯を磨いたりすることも認められない。
そうすることで美しくはなるが、見た目には見苦しい。つくられている
　途中では醜いが、できあがると喜ばしいものは実に数多くある。
労を惜しまぬミュロン(7)の名を今に留める彫像も、
　元はずっしりと重く硬い石の塊にすぎなかった。
指輪になるためには金はまず叩き延ばされる。
　そなたが着ている着物ももとは薄汚い羊毛だった。
作られている間はごつごつした石であったが、今では名高い宝石となり、
　そこで、一糸まとわぬウェヌスが水に濡れた髪をしぼっている。
そなたもまた、身繕いしているあいだは眠っているものとしておこう。
　最後に手入れをすませて人に見られるのがより望ましい。

（6）未洗浄の羊毛から採取される脂肪性物質の化粧品。アッティカ産が最上とされていた。

（7）アッティカの有名な彫像師（前五世紀）。「円盤を投げる男」などの作品で知られている。

そなたの顔の白さの理由をどうして私が知っていなければならぬのか。
　寝室の扉は閉めておけ。未完成の仕事をなんで人目にさらすのか。
男が知らないままでいるほうがいいことも多いのだ。たいていのことは、
　内幕を隠さないでいると、男の気分を害するものである。
装飾ゆたかな劇場に掛けられ輝いている黄金の彫像を
　よく見るがよい。薄い金箔が木に貼り付けてあるだけだから。
だが、この彫像にしても完成するまで人々が近づくことは許されない。
　化粧にしても男を遠ざけてからでなければ取りかかってはならない。

さらに、人前で髪をすく姿をさらけ出し、
　解いた髪を背中に垂らすのは、断固禁じる。
そういうときにはとりわけ不機嫌にならぬように用心し
　髪を何度も解いてざんばら髪にしたりせぬように。
髪結いに手をあげたりしてはいけない。私は嫌いだ、奴隷の顔に爪を
　立てて傷つけたり、ピンを取って奴隷の腕に突き刺したりする女は。
女奴隷は女主人の頭に触れながら呪い、同時に
　血だらけになりながら憎らしい主人の髪の上に涙を流すのだ。

髪の毛が貧弱な女は部屋の入り口に見張りをおくか、
　そうでなければボナ・デア神殿[1]の中でいつも髪を結うことにすべし。
かつて私はある女のところに突然訪ねて訪問を伝えさせたところ、
　女はあわてふためいて鬘の前後ろを間違えてしまった。
こんなひどい恥をかかせるようなことは敵の身に起こればいいのだ、
　パルティア[2]の女どもにこんなみっともない目にあわせればいい。
角の落ちた牛は醜いし、草の生えていない野原も醜い、
　葉の落ちた藪も、毛のない頭も。

セメレ[3]よ、レダよ、そなたたちは私から学ぶために来たわけではない。
　エウロペよ、偽りの牛に乗せられ海原を渡ったそなたも、
メネラオスよ、貴殿が返還を要求したのも無理はないヘレネも、略奪者
　パリスよ、貴殿が我が物にしておきたいのも無理はないヘレネも。
私の教えを受けようとして群れをなす女たちには美女も醜女もいるが、
　世の常として数が多いのはいいものより悪いもの。
美女は技術の助けも教えも求めはしない。彼女たちには
　技術なしでも大いにものを言う美貌という持参金があるからだ。

（1）「ボナ・デア」はローマの女神で「良い女神」の意。毎年十二月に行なわれる祭礼は男子禁制であった。

（2）カスピ海の南東にいたパルティ族の国。

（3）カドモスとハルモニアの娘。ユッピテル（ゼウス）に愛され、バッコスの母となる。以下、レダ、エウロペ、ヘレネもセメレと同じく美女であり、「私の教えは必要ない」と詩人は言っている。

海が凪いでいるときは、水夫は安心して休んでいるが、
　波が高いと、支えとなるものにしがみついている。
しかしながら非の打ち所のない美貌はまれである。欠点は隠すがよい。
　そなたの体の欠点はできるかぎり隠しておくのだ。
背が低ければ立っていても座っていると見られぬように座っていたまえ。
　そなたは小さいのだから、臥所に横になっているがよい。
ここでもまた、横になっているときに身長を測られないように、
　着物を足に引っかけて隠れるようにするのだ。
痩せぎすの女は厚手の織りの衣装を
　着て、肩から上着をゆったりと垂らすようにするがよい。
蒼白い顔の女は体を深紅の縞模様の着物でおおうといいし、
　浅黒い女はパロス島[1]の白い衣装に助けを求めよ。
足の恰好が悪いなら、いつも真っ白な靴を履いて隠し、
　骨張ったくるぶしから靴の革紐を解いたりしないように。
怒り肩には薄い肩当てを当てれば具合がいいし、
　胸が薄い場合にはふっくらとさせるために胸当てを巻けばよい。
なにを喋るのにも手振りを少なくしなければならぬのは、

（1）エジプトのアレクサンドリア沖の島。灯台で有名。

　太い指、ざらざらした爪をもった女である。
口臭のひどい女は、ものを食べていない時には決して喋ってはならない。
　そして、いつも男の顔から離れているのがよい。
歯が黒いか、ばかでかいか、生まれつき歯並びが悪かったら、
　笑えばこの上ない大きな損失をこうむることになるだろう。
信じられないかもしれないが、女たちは笑い方さえ学び、
　こうした面でも愛らしさを追求しているのだ。
口の開け方は、ほどほどに、両のえくぼも小さめに、
　上の歯は下唇で隠すようにしたまえ。
際限なく笑い転げて脇腹をひきつらせたりせず、
　笑い声もどこか軽くて女らしい声を立てるがよい。
突拍子もなく大笑いして顔をゆがめる女がいるかと思うと、
　笑い転げているのに泣いているのかと思うような女もいる。
なにやらしゃがれた、かわいげのない笑い声を立てる女もいる、
　こういう女はざらざらした挽き臼の傍らでいななく醜いロバのようだ。
技術の入り込めないところがどこにあろうか。女たちは然るべく泣くこと

を学び、好きなときに好きなように泣くことができる。
どんなものだろう、文字をわざと正しく読まないとか、
　舌足らずに無理に発音してみせるとかは。
ある言葉を下手に言うという欠点にも魅力はあり、
　女たちは能力以下に話せるようになることを学びもする。
こういったことはすべて役に立つから気をつけるとよい。
　女らしい足取りで体を運ぶことも学びたまえ。
歩き方にも侮れない魅力の一部がある。
　歩き方ひとつで見知らぬ男を引きつけもするし逃げ出させもする。
巧みに腰を振り、下着をなびかせ、風を
　受け、足を伸ばしてつんとすまして歩く女もいれば、
ウンブリア人(1)の亭主のいる赤ら顔のおかみさんが
　歩くみたいに、がに股で、大股歩きをする女もいる。
しかし、多くの事柄でそうであるように、ここでも程度が問題だ。後者の
　動作は野暮ったいし、前者の動作は許される以上にキザすぎるだろう。
だが、そなたの肩の下の部分、腕の上の部分は
　むき出しにして、左手からよく見えるようにしておくべきだ。

(1)イタリア半島の中東部地方。「赤ら顔のおかみさん」とは、農作業で日焼けしていることを言っている。
(2)上半身は女で下半身は鳥の形の、人を魅了する歌い手である海の怪物。
(3)オデュッセウス。ホメロスではラエルテスの子となっている。
(4)ホメロス『オデュッセイア』

雪のような肌をした女たちよ、これはそなたたちには特にお似合いだ。
　これを見ると、私はむき出しの肩のどこにでも接吻したくなる。

かつてセイレン[2]という海の怪物がいて、その麗しい歌声で
　どんなに速い船でも引きとどめてしまった。
この歌声を聞いてシシュポスの子[3]は、すんでのところで体の
　縛めを解きそうになった（船の仲間は耳に蠟をつめていた[4]）。
歌声も人をひきつけるものである。女たちは歌うことを学ぶがよい
　（顔ではなくて声が男を引き寄せた女も多い）。
あるときは、大理石造りの劇場で聞いてきた歌を、またあるときは、
　ニルス川[5]のエジプトの調子で演奏された歌を、口ずさめばよい。
右手に竪琴の爪をはめ、左手に竪琴をもつということを
　私の教えを受けて学んだ女には知っておいてもらいたい。
ロドペのオルペウス[6]は竪琴の調べで岩や獣の心を動かし、
　冥界の湖や三ツ頭の犬ケルベロスの心を動かした[7]。
母の仇を討ったこの上なき正義の士[8]よ、おんみの歌に応じて岩が動き、
　その意に従って、新しい城壁を築いた。

第十二歌参照。
(5) ナイル川。
(6) オイアグロスと詩女神（ムーサ）カリオペの子。ホメロス以前の最大の詩人で音楽家。アポロンから竪琴を授けられ、彼の歌に野獣も山川草木も聞きほれたという。蛇にかまれて死んだ妻エウリュディケを取り戻すために冥界に降ったが、冥界の王ハデスとの約束を破ったために取り戻しつつあった妻を永久に失った。
(7) 『変身物語』第十巻参照。
(8) アンピオン。ユッピテルとアンティオペの子。捕らえられていた母を解放してテーバイの王となった。城壁を築くときにヘルメスから授けられた竪琴を弾いたところ、それに反応して石がおのずから動いて城壁ができたと伝えられている。

たとえものを言わずとも、こちらの声に好意を示したと思われるのが
　アリオン[1]の竪琴の名高い話に出てくる魚だ。
調べも明るい十弦の竪琴を両の手でかき鳴らすことも学ぶがよい。
　この竪琴は楽しい遊びに適している。
知っておかねばならない詩人は、カリマコス[2]、コス島のピレタス[3]、
　それにテオス生まれの酒好きなアナクレオン[4]も、
サッポー[5]（彼女以上に奔放な女がいるだろうか）も、
　狡猾なゲタイ人[6]の策略に親父が一杯食わされる喜劇の詩人[7]も。
優美なプロペルティウス[8]の詩も読めるようにしておかねばならぬ、また
　ガルス[9]の作品もいくらか、また、ティブルス[10]よ、おんみの詩も、
ウァロ[11]に歌われた金の毛で名高い（プリクソスよ、
　おんみの妹[12]を嘆かせることになった）羊皮のことも、
そして、そびえ立つローマのはじまりをなす亡命者アイネイアスを
　歌った詩[13]も――ラティウムにこれより名高い作品はない――。
おそらく私の名前もこれらの詩人たちに加えられ、
　私の書いたものが忘却の河[14]に投ぜられることはないだろう。

（1）レスボス島出身の詩人・音楽家でディテュラムボス詩の創始者。前七世紀コリントスの僭主ペリアンドロスに仕えた。南イタリアとシシリー島で音楽の競技に参加し、多くの賞を得て船に乗り込んだところ、船乗りたちによって、殺されかけた。最期に一曲を奏でて海に身を投じたところ、竪琴の音を聞いて集まってきたイルカの群に救われた。この話はヘロドトスの『歴史』に詳しい。
（2）前三世紀のアレクサンドレイアの詩人。ローマの詩人たちに多大の影響を与えた。
（3）前三世紀のコス島生まれの詩人。アレクサンドレイアで活躍。ローマの詩人たちに多大の影響を与えた。
（4）テオスはイオニアの町。前六世紀の詩人。サモスの僭主ポ

リュクラテスの宮廷で活躍し、酒と愛の詩で名高い。
（5）前七―六世紀初頭にかけてのレスボス島の女流詩人。同時代のアルカイオスと並び称されている。プラトンによって「十番目の詩女神（ムーサ）」と呼ばれた。
（6）トラキアのドナウ河沿岸にいた蛮族。ここでは喜劇に登場する奴隷のこと。
（7）メナンドロス（前四―三世紀）。ギリシア新喜劇の詩人。
（8）オウィディウスと同時代に活躍したローマのエレゲイア詩人。恋人キュンティアへの愛を歌う。
（9）アウグストゥス時代の抒情詩人。アウグストゥス帝の逆鱗にふれ、国外追放となり自殺した。恋人リュコリスへの愛を歌う作品は散逸して現存しない。
（10）アウグストゥス時代の抒情詩人。アウグストゥスには近づかず、ラティウムの田舎ペドゥムの地で平穏な生活を送り、恋人デリア、ネメシスへの愛を歌った。
（11）プブリウス・テレンティウス・ウァロ・アタキヌス（前八二―前三六年頃）。ガリア・ナルボネンシス生まれの詩人。作品はほとんど現存しない。『ラテン語論』の著者ウァロとは別人である。
（12）ヘレ。継母イノから逃れるべく、兄プリクソスと共に金の毛の羊に乗って空を飛んだが、目まいを起こしてヘレのみ海に墜落してしまった。
（13）ウェルギリウスの叙事詩『アエネイス』。
（14）冥界にあって、死者がその水を飲めば、あらゆる過去を忘れると伝えられる河。

こういうことを言ってくれる者もいるだろう「読むがよい、われらが師の
　洗練された詩を。これらの詩で師は男女双方を教えさとしておられる。
『恋の歌』[1]と雅な題をつけられた詩の中から
　なれた口で穏やかに読めるものを選ぶがよい、
あるいは、『書簡詩』[2]を落ち着いた声で朗唱したまえ。
　師はこれまで他の者に知られていなかった作品を案出されたのだ」。
おお、かくのごときを望みたまわんことを、ポイボス[3]よ、詩人たちの
　敬虔な魂よ、角すぐれたる[4]バッコスよ、九柱のムーサ[5]たちよ。

疑いようもなく、私の願いは女が踊り方を心得て、酒の席で命じられたら
　腕を動かせるようにしておいてもらいたいということなのだ。
舞台の見世物で腰を巧みにくねらせる女たちには人気がある。
　その軽やかさが大いなる魅力をもつのだ。
取るに足らないような事柄を忠告するのも恥ずかしいが、骰子の投げ方[6]
　と、振られた骰子よ、お前の点数とを知っておいてもらいたい。
ときには骰子を三つ投げたり、ときにはどちら側にうまく
　ずる賢く入り込めるか、どちらに呼び込めるか、を考えることだ。

(1) オウィディウスの最初のエレゲイア詩集。コリンナへの愛を歌う。
(2) オウィディウスの『名婦の書簡』のこと。神話伝説上の女たちが、その夫や恋人に送った書簡の形式をとるエレゲイア詩。
(3) アポロン。
(4) バッコスの信女たちが祭儀で豊穣のしるしである牡牛の角に打たれるところから、こう呼ばれている。
(5) 詩女神。
(6) このあたりのゲームに関しては未詳。

西洋古典叢書

月報 151

2021＊第2回配本

ヒエラポリスの劇場（ヘレニズム時代）

目次

2021年7月
京都大学学術出版会

オウィディウスの詩作と「壮大な無駄」

高橋　宏幸

オウィディウスについて筆者が最初に書いた論考は一九八七年に公表されたもの（「西洋古典論集」Ⅲ）に遡る。京都大学文学部の助手の頃で、かれこれもう三五年近く前のことである。当時は恋愛エレゲイア詩、とくにプロペルティウスを主要な考察対象にしており、その論考も恋愛エレゲイア詩の常套との関係から『恋の歌』の二つの詩編に用いられる「恋の戦」の譬えを扱い、それらに組み込まれた巧みなひねりが機知とユーモアの効果を上げていることを論じた。機知とユーモアはオウィディウスの詩作についてよく言われる特色で、その手際よい実例を示そうとした試みだったが、その頃はまだあまり意識していなかった要素もそこにはあったといまになってみると思う。それがここで記そうとする「壮大な無駄」である。

数年前にホラーティウス『書簡詩』邦訳を上梓したときの解説に、『詩論』として名高い第二巻第三歌を名宛人であるピーソー家の人々への書簡という観点から見ると、非才なうえに欠点を認める謙虚さも、人の意見を聞いて技術を磨く勤勉さも持ち合わせない相手に「へそ曲がり」のホラーティウスが詩作についての助言をわざわざ長々と連ねる「徒労」の滑稽さが表現されている、というようなことを記した。そこに示される詩作技術の教え自体は筋が通っていたとしても、それに関わる人間が不釣り合いだと意図した効果は得られず、すべては無駄に終わる。ただ、そこに書き落としたことを補うと、『詩論』でもっとも重視されるのは「適正」、つまり、詩作に関わる人間、それぞれのジャンル、形式や題材、場面設定、人物造形などが適切に釣り合いを保つことであるから、「徒労」はこの釣り合いが崩れた場合を、言ってみれば、自分から転んで見せる自己アイロニーによって表現していると見なせるかもしれない。

緊密な構造を誇るウェルギリウスの詩作には「壮大な無駄」は無縁のように思われるが、ある意味では、人間社会が直面するもっとも深刻な無駄が扱われている。というのも、無駄に命を散らすほど大きな無駄はなく、戦争の中でも同胞同士が戦って死ぬ内乱はその最たるものと考えられるが、ウェルギリウスの三作品を貫くテーマが内乱だからである。とくに『アエネーイス』後半、「婿と舅が連合するには、それだけの代償を臣下に負わせることとしよう」(七・三一七)という女神ユーノーの目論見のもとにトロイア人とラティウムの民と双方が血で血を洗う。両者はすぐに統合してローマの礎石となるはずであるから、とりわけパッラースやラウススなど立派な若者の命が戦場の露と消えることは「建国」の事業を担うべきであった力を無駄に失ったことになる。もちろん、戦争だけでなく大きな事故や災害などで尊い命が奪われたとき、その犠牲を決して無にしてはならない、と誰もが思い、悲惨な事態の出来《しゅったい》を繰り返さないための努力が誓われる。この誓いがなんらかの結実を見れば、犠牲は無駄でなかったことになる。けれども、人間の歴史は無駄を繰り返してきた。その底なしの闇にウェルギリウスの目は向いていると思う。

オウィディウス『恋の歌』に話を戻すと、そこでの「無駄」を喩えて言えば、高い梢に実った果実を取ろうと、なんとか梯子をかけ、もう少しで手が届くところまで登ったとき、梯子がはずれかけて木が揺れ、その拍子で果実が下に落ちてしまったような場合かと思う。果実は木を軽く揺すれば、あるいは、ひょっとするとなにもしなくても自然に落ちてくるのを受け止められたかもしれない。梯子を登る苦労は徒労というより、最初から無駄な試みである。ちなみに、梢の上の果実は恋愛詩の常套が高らかに歌った恋、梯子はその常套に細工してオウィディウスが用意した仕掛け、落ちて、ひょっとすると潰れた果実は仕掛けがばれて卑俗なことが分かった類の恋である。

こうした無駄はそれでもまだ「壮大」とは言えないかもしれない。オウィディウスについて「壮大な無駄」ということを最初に口にしたのは『変身物語』を授業で学生と読んでいるときだったと思う。例を挙げればきりがないが、ここには二つだけ記そう。

一つは第二巻でのパエトーンが父である太陽神の馬車を暴走させ、あやうく世界を焼き滅ぼしかけた物語である。世界は第一巻でも滅びかけた。天地創造によってせっかく出来上がって間もないというのに、ユッピテルは——他の神々は不安に思ったものの——惜しげもなく大洪水によってカオスに引き戻した。このときはそれでもまだ悪しき人間を滅ぼすためという大義があったが、今度はそうしたものもなく、遊園地の乗り物にでも乗るかのような子供の無邪気なおねだりから世界が危殆《きたい》に瀕する。

この無意味な大損失を語るためにオウィディウスはいくつかの仕掛けを用意した。その第一は、パエトーンに馬車の操縦を思い留まらせようとする太陽神の説得である。その五〇行あまりになる長い言葉は無駄に終わる。パエトーンがまったく聞く耳をもたなかったからである。その第二は、パエトーンに操縦の仕方を注意する太陽神の忠告である。これも無駄に終わる。天の走路は太陽神が注意したとおりであったのに、パエトーンに対応する技量がなかったからである。このあたり、パエトーンは『詩論』のピーソー家の人々と似た面がある。第三は、太陽神の馬車の暴走によって炎上した世界中の山々と湖水河川の列挙である。それらは地理的規則性を無視して並べられ、その不規則性が暴走の引き起こした無秩序と対応している。そして、説得、忠告、列挙といずれにしても言葉数が多くなればなるほど「無駄」が際立つ点が共通する。

この「無駄」を避けるために、キケローは、太陽神が自分が父である証にパエトーンの望みをなんでも叶えると言った約束を果たすべきではなかった、と記した（『義務について』三・九四）。だが、太陽神はポイボス・アポッローンであり、アポッローンは神託を司る神であるから、そもそもパエトーンがおねだりをするときに先を見通す力を使っていれば、「無駄」は回避できたとも思う。もちろん、それでは物語そのものが成り立たないので、授業のときに冗談半分で学生に話すような思いつきにすぎないが、そのくらいのことはオウィディウスならやりかねない、ともよく学生には言っていた。

もう一つの例は第十巻から第十一巻のはじめにかけて語られる詩聖オルペウスの物語である。彼は新妻エウリュディケーを失った悲しみのあまり、冥界に降って竪琴に合わせた歌とともに冥府の神々に嘆願し、妻を連れ帰る許可を得るが、途中で振り返らないという許可条件に背き、苦労を無にしてしまう。

このこと自体も無駄と言えば無駄だが、オウディウスはもっと大きな無駄を用意した。オルペウスは冥府の神々への嘆願を「死すべく生まれついた私たちはみなこの世界へ戻ります。まわりくどい出まかせは言わなくていいですね」という言葉で始め、妻を返してもらうために「どんなものも私たちはあなた方に借りているだけで、少しの猶予ののち遅かれ早かれ私は急ぎ足で同じ一つの住まいへ向かいます。……彼女も、相応に年を重ねて寿命をまっとうしましたら、あなた方のものとしてください。しばし拝借できればありがたいのです。ですが、運命が妻に恩赦を拒むのでしたら、私にも覚悟があります。戻りたくありませんので、私たち二人の死をお慶びください」と訴えていた。ところが、地上へ戻る途中で妻を再度失い、もう女性とは関係をもつまいと決めたオルペウスは、女性を侮る男だとバッコスに憑かれた女たちの怒りを買い、八つ裂きにされてしまい、冥界へ舞い戻ると、その結果、至福者の野でエウリュディケーを見つけ、抱き合うことも二人並んで散策することも——おそらく永遠に——できるようになった。こんなことなら、冥界の神々は最初からオルペウスに条件つきの許可など与えず、夫婦を一緒に冥界に留め置けばよかった。オルペウスにはその覚悟もあって冥界に来ていたのである。

そこで、オルペウスが地上に戻ってからの嘆きのすべてと悲惨な最期はそれだけでじつにほぼ一巻、つまり、大小二五〇あまりの話を集める作品全体の一五分の一を占める「壮大な無駄」を呈していることになる。ただ、この「無駄」はオルペウスにとってはせずともすんだ遠回りだが、読者にとってはそれでピュグマリオーンやミュッラやアドーニスやアタランテーとヒッポメネースなどの物語を楽しめることになったので、その価値が十分にあったと言える。それなら神々にはやはり深い考えがあるのだと思う。

オウィディウスには「無駄の効用」というようなことを言うつもりはないと思う。ただ楽しみ、楽しませるために語っていて、それができるなら他になんの役に立つ必要もないのだと思う。人生は短い。楽しむべき時間を楽しまぬまま無駄にしてはいられない。

（西洋古典学・京都大学教授）

連載　西洋古典雑録集 ㉕

幸福論の試み (2)

ヘロドトス『歴史』にみえるソロンとクロイソス王の問答は、古代世界では広く風伝していた。とりわけ、ギリシア悲劇にその影響のあとがみえる。ソポクレス『トラキスの女たち』の冒頭では、「人の一生が善いか悪いかは、死んでみるまではわからない、という昔からの言葉が世間にはある」（一－三）と語られ、エウリピデス『アンドロマケ』には、「死にゆく人がどのように最期の日を迎え、あの世に旅立つかを見るまでは、いかなる人をも幸福と言ってはなりませぬ」（一〇〇－一〇三）という言葉がある。

ところが、ソロンの「人生の終わりを見る」というのを文字通りにとると、人間は死んだときにはじめて幸福であることになる。これは不合理ではないかと噛みついたのがアリストテレスである。ソロンは死んだ人を幸福だと言っているわけではなく、むしろ死を迎えたその日になってはじめてその生涯を評価して、幸福だとみなして差し支えないということなのかもしれないが、それでもこれはおかしな話だとアリストテレスは言う。幸福はなにか永続的なものであると考えられるのに、その時々の運（*tychē*）によって幸福になったり、不幸になったりして、まるでカマイレオン（すなわちカメレオン）のように転変することになるだろう（『ニコマコス倫理学』第一巻第十章）。

アリストテレスが言っていることには、どうも分かりにくいところがある。もう少し、その言葉に耳を傾けてみよう。前回にも紹介したが、この書の冒頭ではすべての技術、すべての研究は、さらに行為も選択も、なんらかの善を目指すと言われていた。しかし、この善には階層（ヒエラルキー）がある。なんらかの善を目的にする場合に、その行為が別の善のためになされるときと、その行為そのものが善であるときがある。これはプラトンの『国家』（第二巻三五七B以下）の議論を下敷きにしているようだが、アリストテレスはさらに進んで、なにかの善のためにおこなうというその善を遡って、究極的な善、すなわち最高善を知ることが人生にとって最も重要であると言う。この最高善こそ幸福と言われるのである（『ニコマコス倫理学』第一巻第三－四章）。

では、このような幸福はどうすれば得られるのか。ここで登場するのが「機能（*ergon*）」に基づく議論である。大工や笛吹きにとっての善とは、家を建てる、笛を吹くという特定の機能と行為に関係するが、それと同様に、人間にとっての善としてその機能があるはずである。生きるということは、植物にも共通するし、感覚的な生であれば、ほかの動物にも共通するだろう。それでは、人間にとって本来的な機能とは何か。それは理性（*logos*）に即した活動である。これはまた徳に基づく魂の活動とも言い換えられる（同巻第七章）。

けれども、アリストテレスの右の幸福の規定はこれだけでは終わらない。これにさらに「完全な人生において」（同書一〇九八a一八）という条件がつく。「一羽のツバメが春の到来を告げるわけではない」（同所）ように、一日や短い時間で人は幸福にはならないからである。この追加条件であるが、具体的には、幸福であるためには、「外的な善を必要とする」（一〇九九a三一）とか、「運をもあわせ必要とする」（一一〇〇b九）といったことである。外的な善の例としては、生まれのよさ、容姿の美しさ、などが挙げられている。要するに幸福にはこうした境遇をあわせ必要とするというのが彼の見解である（同巻第八章末尾）。一見、私たちの常識に近い穏健な考えにも思われるが、このアリストテレスの主張を真っ向から批判したのが、アメリカの古典学者、政治学者であるマーサ・ヌスバウムである。彼女の比較的若い頃の著作である『善の脆弱性——ギリシア悲劇・哲学における運と倫理学（*The Fragility of Goodness: Luck and Ethics in Greek Tragedy and Philosophy*, 1986）』では、例えば、老年にいたって非常に悲惨な目に遭遇したトロイアの王プリアモスは幸福ではなかったとする発言（一一〇五a四以下）などを取り上げて、その曖昧さを指摘している。一方、アリストテレスを擁護する研究者もいて、その一人が古典学者のテレンス・アーウィンである。彼はヌスバウムの同書への書評（*The Journal of Philosophy*, 1988）において、彼女が示した論点はすべて誤読によるものであり、「徳に基づく活動が人生の決め手になるのであれば、幸せな人はだれもみじめになることはないであろう」（一一〇〇b三三―三四）という言葉を挙げて、アリストテレスの立場は一貫している、と反撃している。

紙数の制限からここでその論戦を詳しく紹介することができないが、いずれにせよアリストテレスの主張にはある種の歯切れの悪さがあることは否めないであろう。しかし、古代ギリシア人が想定した最高善＝幸福という定式そのものに異を唱える者がいた。ドイツの哲学者カントである。この話はまた次回に。

（文／國方栄二）

西洋古典叢書

［2021］全５冊

★印既刊　☆印次回配本

●ギリシア古典篇

デモステネス　弁論集　7　栗原麻子・吉武純夫・木曽明子 訳

プルタルコス　英雄伝　6★　城江良和 訳

ルキアノス　遊女たちの対話 ── 全集　8　内田次信・西井　奨 訳

●ラテン古典篇

オウィディウス　恋の技術／恋の病の治療／女の化粧法★　木村健治 訳

サルスティウス　カティリナ戦記／ユグルタ戦記☆　小川正廣 訳

●月報表紙写真 ── 言うまでもなく古代ギリシアの都市国家（ポリス）は小アジアの全域（現トルコ領）にも多数建設されていた。内陸部に位置するものの多くは東西交通路の要衝を占めている。ヒエラポリスもその一つで、ペルガモン王のエウメネス二世によって、前一九〇年に創建された。ローマ時代にはむしろ石灰棚と豊富な温泉が湧出する保養地パムッカレ（「綿の城」の意）として繁栄し、その伝統は今日にまで及んでいる。その高地に広がるヒエラポリスにはローマ時代の遺跡が多数残されているが、もっとも頂上部にある劇場跡（より大きなローマ時代のものも別にあるが）は、ほとんど唯一ヘレニズム時代に遡る遺構で、その荒廃に任された姿がかえって強い印象を与えている。この町はローマン・ストアの哲人エピクテトスの生地でもある。（一九八九年七月撮影　高野義郎氏提供）

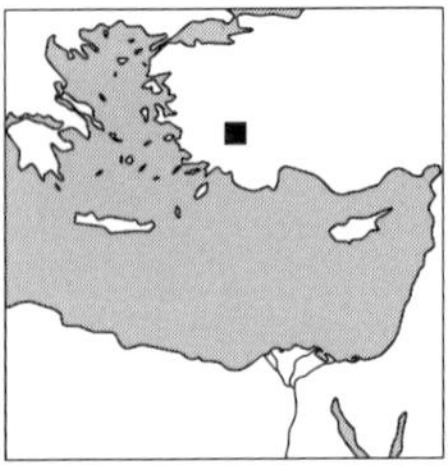

「泥棒将棋」も慎重に指して、馬鹿な一手をうたないようにし、
　一つの駒が敵方の二つの駒で死ぬとか
王将の駒が女王の駒なしにつかまるも戦いを継続し、
　敵の駒が進んできた道を退却することが何度もある。
さらに、開いている網の口にすべすべした玉を放り込み
　自分が取り出す玉以外はひとつも動かしてはいけない。
細かに盤を仕切った勝負事もある。この盤には
　流れゆく一年の月の数十二と同じ数だけの線が引かれている。
小さな盤の両側に石が三つずつ置かれていて、
　そこでその石が続くように並べたら勝ち、というのもある。
いくらでも数多く遊びごとをやるがよい。女が遊びごとを知らないのは
　恥だ。遊びながら恋が生まれるということはよくあることだから。
投げた骰子を巧みに利用するのは大した苦労ではない。
　もっと大事なことは、自分の態度を乱さないことである。
勝負事に熱中すると、注意を怠ったり地が出てしまい、
　遊びごとによって自分の胸のうちをさらけ出してしまう。
怒りがわきおこり、儲けたいという欲望や

けんか、口論が起こり、心乱れて悲しんだりする。
非を言い合い、その叫び声で空気も反響し、
　それぞれが、わが身かわいさに怒れる神々を呼び出す。
勝負事の卓には信用など全くおけない。誓いの言葉を口に出してどんな
　ことでも要求される。涙で頬が濡れるのを私は何度も見たものだ。
こんな見苦しい醜態はユッピテルに追い払ってもらうがよい、
　男に気に入られたいと心にかけているそなたたちは。

このような遊びごとが女のものというのは、生来女は体を動かすのが活発
　ではないからで、男のほうはもっといろいろなもので遊びごとをする。
男たちには、速く転がる玉や、投げ槍や、輪回し、
　武術、馬場を駆け巡らせる馬術がある。
そなたたちにはマルス広場も処女水道[1]の冷たい水の泳ぎも関係ないし、
　穏やかなトゥスクス川[2]もそなたたちを浮かべて運ぶことはない。
だが、ポンペイウスの柱廊の日陰は歩いてもよいし、ためにもなる、
　乙女座の天上の馬に頭が灼かれるころ[3]には。
月桂樹の冠に飾られたポイボスの神域たるパラティウムの丘を訪れたまえ

(1)アグリッパによってローマに引かれた水道。少女がこの水源を見つけたので、この名前になっている、
(2)ローマを流れるティベリス川のこと。
(3)八月頃。
(4)アウグストゥス。
(5)オクタウィアヌス（アウグストゥス）がクレオパトラとアントニウスの連合軍を打ち破ったアクティウムの海戦（前三一年）のこと。パライトニオンはエジプトの港町。
(6)アウグストゥスの娘ユリア

（あのお方(4)がパライトニオンの軍船を海に沈めたのだ(5)）。
統領の姉君オクタウィアと夫人リウィアの建てた記念物もあり、
海戦の栄誉として頭に花冠をいただく婿君(6)が建てた記念物もある。
メンピスの牝牛に捧げられた香の煙ただよう祭壇(7)も訪れたまえ、
また、目立つ場所にある三つの劇場(8)も訪れるがよい。
生温かい血で染まった闘技場の砂を観るのもよし、
戦車の白熱した車輪が標柱をまわるさまを見物するもよし。
隠れているものは知られないまま。知られないものを欲しがる者は
いない。美貌も見ている人がいなければ得られるものはなにもない。
歌うことにかけてタミュラス(9)にもアモイベウス(10)にもまさっていても
　知られざる竪琴に人の心を喜ばせるものはないだろう。
もしもコス島のアペレス(11)が女神ウェヌスを描かなかったら、
　女神は海の水の下に没して隠れたままになっているだろう。
聖なる詩人が求めるものとして名声以外何があるというのか。
　われら詩人が労苦の限りを尽くすのもこの願望があればこそ。
かつて詩人は神々や王侯の庇護をうけていた。

の夫アグリッパ。
（7）女神イシスの祭壇。エジプトのイシス・オシリス崇拝はヘレニズム時代にギリシア・ローマ世界に広範囲に広まっていた。
（8）ポンペイウス劇場、バルブス劇場、マルケルス劇場。
（9）トラキアの伝説的な詩人・楽人。詩女神（ムーサ）たちと技を競い、敗れて歌声と視力をともに奪われた。
（10）前三世紀の竪琴奏者。
（11）前四世紀前半に活躍した画家。オウィディウスはコス島の生まれとしているが、今日では、イオニアのコロポンの生まれとされている。アレクサンドロス大王の寵愛を受けた。代表作は「海から浮かび出たアプロディテ」で、アウグストゥスはこれを一〇〇タラントンで買ったと言われている。

そして昔の合唱隊は大きな報酬を得ていたし、
聖なる尊厳と尊敬するに足る名をうけたのが
　詩人であり、財もゆたかに与えられることがしばしばあった。
エンニウス[1]はカラブリアの山地の出身であったが、
　偉大なるスキピオ[2]よ、おんみのかたわらに葬られる栄誉を得た。
今ではキヅタの冠は名誉も得られず、学識あるムーサ[3]のための
　徹夜の苦労さえもが怠惰の名で呼ばれる始末。
しかし名声のために夜を徹するのは楽しい。ホメロスを知っている者が
　いただろうか、もし永遠の名作『イリアス』が世に隠れていたならば。
誰がダナエ[4]を知っているだろうか、もし彼女が閉じ込められて
　自らの塔に隠れたままで老女となっていたとしたら。
美しい女たちよ、そなたたちにとって人々の群れが役に立つことがある。
　敷居を超えて何度も外に出てみるがいい。
狼は一匹の獲物を得るために多くの羊に近づくし、
　ユッピテルの鳥たる鷲は多くの鳥の中へ空から襲いかかる。
美しい女もまた見てもらうべく人前に自分をさらさなければならぬ。
　大勢いればその中には一人ぐらいは惹きつけられる男がいるだろう。

（1）ローマ文学の始祖とされている詩人（前二三九―一六九年）。第二次ポエニ戦役の功労者大スキピオの一族と親交があった。
（2）大スキピオ（プブリウス・コルネリウス・スキピオ・アフリカヌス）。
（3）詩女神。
（4）アルゴス王アクリシオスの娘。ゼウスとの間にペルセウスを生む。

男に気に入られたいと願う女はあらゆるところに立ち回り、
　全霊を傾けて魅力的に見えるよう気を遣うべきだ。
機会はどんなところにでも訪れる。釣り針は絶えず垂らしておくべし。
　思いもかけない川にも魚はいるだろう。
猟犬が森深き山を駆け回っても無駄になることはよくあるが、
　駆り立てたものが誰もいないのに鹿が網にかかっていることもある。
縛り付けられたアンドロメダ(5)にとって他にどんな望みがあっただろう、
　涙を流して誰かの気をひきつける以外に。
夫の葬式に次の夫が求められるということはよくある。髪ふり乱して
　こらえきれずに泣くのが似つかわしい。

しかし避けねばならぬ男は、粋と美貌を公言する男や、
　髪の毛をきちんとなでつけているような野郎だ。
こういう男がそなたたちに言う言葉は、千人の女に既に言っている言葉。
　その愛はふらふらしていて、ひとつところにとどまることはない。
女は何をすべきだというのか、男が女より脱毛してすべすべしていて
　多分、女以上に多くの男の恋人をつくるようなことがあれば。

(5) エティオピア王ケペウスとカッシオペの子。人身御供として海辺の岩に鎖で縛り付けられた彼女をペルセウスが救い出した。

信じてもらえそうもないが、ともかく信じてくれたまえ。トロイアは
　生き残れたであろう、もしプリアモスの指図に従っていたならば。
こんな連中がいる、愛を装って近づき
　そのような近づき方をして恥ずべき儲けを狙う輩だ。
そなたたちは騙されてはいけない、甘松の香油でつやつやした髪とか
　折り目がつくほど固く締め付けた靴の革紐とかに。
また騙されてはならぬ。織り目のこの上なく細やかなトガや、
　指の一本一本にひとつまたひとつと指輪をはめていたりしたら。
ひょっとしてこういった連中のうちでいちばんの洒落男が
　泥棒で、そなたの服欲しさに身を焦がしているのかもしれない。
「あたしのを返して」と服を盗られた女たちが叫ぶことがたびたび
　ある。「あたしのを返して」と中央広場中に声が響きわたる。
ウェヌスよ、おんみはぜいたくに金を使って光り輝く神殿から、この
　争いを冷ややかに見ておられるし、その傍らのアッピアスたち(1)も。
また疑いようもなく悪名をとどろかせている男もおり、
　恋人を騙したという罪を負う男は数多い。
他の女が嘆くのを見て、自分のことに気をつかうことを学びたまえ。

（1）ウェヌス神殿の傍らに「アクワ・アッピア」という噴水があり、アッピアスと呼ばれる水の精（ニンフ）の彫像が置かれていた。

郵便はがき

料金受取人払郵便

左京局
承認

4109

(差出有効期限
2022年11月30日
まで)

606-8790

(受取人)

京都市左京区吉田近衛町69
京都大学吉田南構内

京都大学学術出版会
読者カード係 行

▶ご購入申込書

書　名	定　価	冊　数
		冊
		冊

1. 下記書店での受け取りを希望する。

都道府県　　市区町　　店名

2. 直接裏面住所へ届けて下さい。

お支払い方法：郵便振替／代引　　公費書類(　　)通　宛名：

送料　ご注文 本体価格合計額　2500円未満:380円／1万円未満:480円／1万円以上:無料
代引でお支払いの場合　税込価格合計額　2500円未満:800円／2500円以上:300円

京都大学学術出版会
TEL 075-761-6182　学内内線2589 / FAX 075-761-6190
URL http://www.kyoto-up.or.jp/　E-MAIL sales@kyoto-up.or.jp

お手数ですがお買い上げいただいた本のタイトルをお書き下さい。

（書名）

■本書についてのご感想・ご質問、その他ご意見など、ご自由にお書き下さい。

■お名前

（　　歳）

■ご住所

〒

TEL

■ご職業

■ご勤務先・学校名

■所属学会・研究団体

■E-MAIL

●ご購入の動機

A.店頭で現物をみて　B.新聞・雑誌広告（雑誌名　　）

C.メルマガ・ML（　　）

D.小会図書目録　E.小会からの新刊案内（DM）

F.書評（　　）

G.人にすすめられた　H.テキスト　I.その他

日常的に参考にされている専門書（含 欧文書）の情報媒体は何ですか。

ご購入書店名

都道府県	市区町	店名

※ご購読ありがとうございます。このカードは小会の図書およびブックフェア等催事ご案内のお届けのほか、広告・編集上の資料とさせていただきます。お手数ですがご記入の上、切手を貼らずにご投函下さい。

各種案内の受け取りを希望されない方は右に○印をおつけ下さい。　案内不要

人を騙すような男には扉を開けておいてはいけない。
ケクロプスの末裔たちよ(2)、テセウスが(3)誓いを立てても信用するな。
彼が証人に立てた神々は以前にも立てた神々なのだ。
テセウスの罪を引き継いだデモポオン(4)よ、
ピュリスを騙したからには、おんみにも信頼は寄せられない。
男たちが口上手に約束したら、そなたたちも同じ口数で約束すればよい。
男たちが約束を果たしたら、そなたたちも約束した快楽を与えてやれ。
ウェスタ神殿の休みなく燃え続ける火(5)を消してしまうような女、
イナコスの娘イオ(6)よ、おんみの神殿から聖物を略奪する女、
毒人参をすりつぶしてトリカブトに混ぜて男に飲ませる女、
そういう女は、贈り物は受け取り、愛の交わりはお断りという女だ。

もっと本題に近いところに立つよう、わが心は促している。ムーサよ、
手綱を引き締めたまえ、全速力で走る戦車から振り落とされぬように。
樅の木の書字板に書かれた言葉に浅瀬を試させるのだ。
送られてきた手紙はその役目にふさわしい小間使いに受け取らせよ。
手紙をじっくり検討し、言葉そのものから読み取るのだ、読んでいる

(2)アテナイの女たち。
(3)ナクソス島でアリアドネを置き去りにして裏切った。
(4)テセウスの子。アテナイに用事があると言って立ち去ったときにピュリスにした帰国の約束を破った。
(5)ローマの竈《かまど》の女神であるウェスタの神殿にはアイネイアスがもたらした聖なる火があり、これが消えるとローマは滅亡するとされていたため、二人の処女である巫女が火を絶やさぬよう、祭司として護っていた。
(6)アルゴスのヘラの女神官。

ものがでっちあげなのか、心の底から悩みぬいて書いているのかを。
少し間を置いてから返事を書けばよい。じらされると、恋する者はやき
もきするのが常、ただし、ほんの少しの間だけにしておくこと。
若い男がせがんでも、たやすく体を許すような約束をしてはいけない。
かといって、男が執拗に求めてくるものをすげなく拒んでもいけない。
男には不安にさせると同時に希望ももたせるようにして、返事のたびに
希望はもっと確実に、不安はもっと小さくなるようにするとよい。
女たちよ、優雅な、しかし、普通の使い慣れた言葉を
書くことだ。普通の話し言葉が喜ばれるのだ。
ああ、何度あったことか、恋に不安を抱く者が手紙で身を焦がしたり、
粗野な言葉づかいが美しい容姿を損なったりしたことが！
しかし、髪紐を巻くという本妻の名誉ある地位はもたないとしても、
自分の旦那の眼を盗みたいとの思いがあるからには、
手紙は小間使いあるいは奴隷の手で書かせ、
心の証となるものは、新参の奴隷に託してはならぬ。
私は眼にしたことがある、女たちがその恐怖で蒼白になり
哀れにもいつまでも男に振り回されているのを。

そのような心の証を握って放さない男は信用が置けない男だが、
アエトナ山[1]の雷のようなものを手にもっている。
私の考えでは騙しに来れば、こちらも騙して追い払ってもかまわないし、
武器を持った連中に対して武器を取ることは法も許しているところだ。
二つの手で多くの筆跡が書けるように慣らしておくがよい。
(こんなことまで私に忠告させる男ども、くたばってしまえ!)
書字板の蠟をきれいに消しておかないと、返事を書くのは安全ではない、
一枚の書字板に二つの筆跡が残らないようにしておくのだ。
手紙を書くときには、愛する男をかならず女の名で呼ぶがいい。
「彼」だった男も手紙の中では「彼女」ということにしておくこと。

小さなことからより大きなことへと関心を向け、
帆もたわむほどにいっぱいに張ることが許されるなら、
荒れ狂う怒りの気性を抑えることが美貌の女性のつとめである。
晴れやかな平安こそ人間にふさわしく、激しい怒りは野獣のものだ。
怒ると顔はふくれあがり、血管は血でどす黒くなり、
眼はゴルゴン[2]の眼に燃える火よりも残忍に光を放つ。

(1)エトナ山。シシリー島の火山。

(2)ポルキュスとケトの三人の娘、ステンノ、エウリュアレ、メドゥサがゴルゴンと呼ばれた。醜い顔を有し、頭髪は蛇、歯は猪のごとく、大きな黄金の翼をもち、その眼は人を石に化す力があった。

「笛よ、ここから立ち去れ、おまえは私には一文の値打ちもない」と
　パラス・アテナは川の水に映った自分の顔を見るなり仰せられた。[1]
そなたたちも怒っている最中に鏡で自分の顔を見れば、
　これが自分の顔だとわかる者は一人もいないだろう。
これに劣らず、そなたたちの顔つきを損なうものは傲慢さである。
　男の恋心を誘うのは愛想のよいまなざしでなければならぬ。
過度の尊大は（経験者の言うことを信じるがよい）私は嫌いだ。
　沈黙を守る顔が憎しみの種になることも多い。
見つめてきたら見つめ返し、笑いかけてきたらやさしく笑い返すがよい。
　男がうなずいたら、そなたもまた判ったという合図を返すのだ。
このような序章ののち、かの少年アモル[2]は木刀を手放し
　箙から鋭い矢を抜き出す。
悲しみに沈んだ女も嫌いだ。テクメッサ[3]はアイアスに愛させておけ。
　われら快活な民は陽気な女たちに心とらわれる。
アンドロマケ[4]よ、そなたにも、またテクメッサよ、そなたにも、私は
　決してそなたたちのどちらかに恋人になってくれと頼むことはない。
子供ができたのだから信じろと言われても、信じられそうにもない、

（1）アテナ女神は笛を発明して吹いていたが、川の水に映った笛を吹く自分の顔が醜く見えたので笛を捨てたと伝えられている。

（2）愛神。クピド（エロス）のこと。

（3）プリュギアの王テレウタスの娘。捕らえられてアイアスの奴隷となり、愛された。悲しみに暮れ、陰気な女性だった。

（4）小アジアのテベ王の娘で、ヘクトルの妻。夫はアキレウスに殺され、父王と七人の兄弟もギリシア軍に殺された。トロイア落城後、わが子アステュアナクスも殺され、自らはアキレウスの子ネオプトレモスの奴隷となった。

そなたたちが夫と寝たことがあるなどとは。
一体、陰気極まるテクメッサがアイアスに向かって、「わたしの
愛しい方」とか、普通男を喜ばせる言葉を吐いたのだろうか。
誰がとめられよう、小さなことへの例を大きなことから引いたり、
指揮官の名前に恐れおののくことを。
よき指揮官は、ある者には葡萄の木の枝[5]により百人を指揮させ、
ある者には騎兵を指揮させ、またある者には軍旗を守る任務を与える。
そなたたちも、われわれ男のうちから誰がどんな任に適しているかを
見極め、それぞれを的確なる部署につけるとよい。
金持ちには贈り物をさせ、法律の専門家には弁護に立たせるがいい。
弁の立つ男にはもちろん被護民の訴訟事にかかわらせるがいい。
詩を作るわれわれはただ詩だけを贈っておくとしよう。
このわれら詩人の一団は、愛することには他の誰よりも適任だ。
われわれはお気に入りの美貌の女性を広く称揚し伝える者である。
ネメシス[6]は名を残し、キュンティア[7]も名を残しているし、
西方の地も東方の地もリュコリス[8]を知っているし、
そして私の歌うコリンナ[9]とは誰のことかと尋ねる者も多い。

(5)百人隊長の職権を示す鞭。
(6)詩人ティブルスの恋人。
(7)詩人プロペルティウスの恋人。
(8)詩人ガルスの恋人。
(9)オウィディウス『愛の歌』に登場する詩人の恋人とされているが、架空の人物であろう。

さらに、聖なる詩人には奸策など無縁であり、
　われら詩人の技芸はまたわれらが品性を涵養する。
われらは野心にも所有欲にも染まらず、
　中央広場(1)を軽蔑し、臥所と樹陰を敬愛する。
しかし、われらは激しい恋の情熱にたやすくとらわれ、身を焼き尽くし、
　過剰なまでの誠実さをもって愛することを知っている。
実際、穏やかな技芸によって気質も温和なものとなり
　振る舞いも詩歌に身を入れるにふさわしいものとなる。
女たちよ、アオニア(2)の詩人たちには好意を寄せてくれたまえ、
　彼らに神性が宿り、詩女神たちも嘉しておられるのだから。
われら詩人のうちには神が宿り、天界との交流がある。
　上天の高御座から、かの霊感が降りてくる。
学識ある詩人から金品を得ようと望むのは罪悪だ。
　情けない、この罪悪を恐れる女が一人もいないとは。だが、
そなたたちは本心を隠し、物欲しげな様子を顔には出さないように。
　初めて恋をした男は狩猟の網を見たら近づこうとはしないだろう。

(1) 法廷活動のことを指している。

(2) ボイオティアの東南部の山系。詩女神（ムーサ）たちの聖地ヘリコンの山もここにある。

しかし、馬に乗る者は、最近手綱を知った馬と
　万事心得た馬を同じ手綱さばきで御するようなことはしない。
そなたにしても、落ち着いた年配の男の心、若々しい青年の心を
　とらえるために、同じ道を踏んではならない。
後者の今度初めて愛の陣営に見参した新参者で、
　新しい獲物としてそなたの寝室に入ってきた者には、
知っている女はそなただけとし、そなた一人に常に執着させるのだ。
　そういう若い畑は高い垣根で囲い込まねばならない。
恋敵を遠ざけよ。そなたが独り占めしているかぎりはそなたの勝ちだ。
　王権も愛も仲間がいると長続きしないものである。
古兵だと少しずつ分別をはたらかせながら愛をしかけてきて
　新兵にはとても耐えられないような多くのことも耐え忍ぶであろう。
戸口を壊すようなこともしないし、激情の炎に身を焼くこともない。
　愛する女のやわらかな頬に爪を立てることもないだろうし、
自分の下着や女の下着を引き裂くこともないだろうし、
　髪の毛がむしりとられたことが涙を流す原因となることもないだろう。
これは若さと恋心で燃え上がった若者のすることであり、年配の男は

激しい胸の痛みにも平静に耐えるだろう。ただ、ああ、この者も
ゆっくりと弱火で身を灼かれることになる、湿った干し草のように、
　山から切り出されたばかりの木のように。
この愛のほうが確実。若者の愛はあふれんばかりであるが束の間のもの。
　すぐにも失せてしまう果実はすばやく手を出してもぎとるのだ。

すべてを伝授いたそう（敵たる女に城門を開けてしまったのだから）、
　不実な裏切りをされても、誠意を尽くすことにしよう。
簡単に体を許してしまうと、永続きする愛を育てるのは難しい。
　楽しいお遊びに、たまには撥ねつけることも混ぜなければならない。
戸口の前に男を寝かせて、「残酷な扉だ」と言わせ、
　何度もへりくだり、また、何度も脅すような態度をとらせるがよい。
甘いものだけでは辛抱できない。苦い汁で気分を新たにしよう。
　船にしても順風なのに沈むことがしばしばある。
妻が愛されなくなるという羽目になるのも、まさにこれである。
　夫は好きなときにいつでも妻に近づくことができるからだ。
扉をつけ加えて、門番に頑固な口調で言わせるのだ、「入れません」と。

締め出されたら、君も恋しい気持ちがかき立てられるだろう。
模擬刀は置いておき、真剣で闘うのだ。
　疑いもなく、私の武器で私自身が狙われることになるだろう、
引っかかったばかりの愛を求める男が罠にかかっている間に。
　自分だけがそなたの寝室の権利をもっていると期待させておけ。
恋敵がいることや臥所を共にする約束が他の男ともできていることは、
　あとで気づかせればよい。こういう技を無視すると愛は衰えていく。
出発点の柵が落ちて、悍馬が最上の走りができるのは
　追い抜いたり、後を追ったりする馬がいるときである。
消えた恋の炎も不当な仕打ちに遭うとまた燃え上がる。ああ、この
　私とて――白状するが――傷を受けないと愛する気が起きないのだ。
しかし、男を悩ませる原因をあまりあからさまにしてはならない。
　知っている以上のことがあると男に思わせて、やきもきさせるがよい。
恋の炎をかき立てるのは、なにくわぬ顔をした奴隷が無愛想に門番して
　いたり、厳しすぎる旦那が小うるさく気を配っているときだ。
安全に得られる快楽は手に入っても小さい。
　タイス(1)よりも自由の身だとしても、恐れているふりをしたまえ。

(1)アレクサンドロス大王の寵愛を受け、その遠征に同行したアテナイの名高い遊女(ヘタイラ)。アテナイの市民の妻子である女性には行動の制限が多かったが、一方、遊女には制限が少なかった。

戸口から楽に入れても、男を窓から入れるがよい、
　そなたの顔には恐れおののいている印を示すのだ。
気の利く小間使いに突然駆け込ませて「もうおしまいです」と言わせ、
　そなたは慌てふためく若者をどこでもいいから隠してやりたまえ。
しかし、恐れに、安全な愛の交わりを混ぜてやらねばならぬ、
　そなたとの夜がつまらないなどと思わせないために。

どういう手を使えば、狡猾な亭主や、また、徹夜の見張り番を
　欺くことができるかを、言わずにすますところであった。
嫁さんは亭主を恐れるべきだし、嫁さんの監視はきちんとすべきだ。
　そうあって然るべきで、法も正義も恥を知る心もそう命じている。
最近権杖により自由の身になったそなた[1]まで監視されることに
　誰が我慢できようか。旦那を騙すために、私の儀式に参加するがよい。
やってやろうという意志さえ確かであれば、見張りの眼が、アルゴス[2]の
　備えていたのと同じほどの眼であっても、騙すことはできるだろう。
実際、見張り番はそなたに手紙を書かせぬようにできるだろうか、
　そなたに入浴する時間が与えられているような時には。

(1) 奴隷から解放されたばかりの女。ローマにおける奴隷解放の儀式のうち、「権杖による奴隷解放」が最も正式な儀式である。法務官またはその下役人が「権杖」を奴隷の頭にのせて解放を宣言する。

(2) 無数の眼を全身にそなえた巨人。牝牛に変えられたイオを女神ヘラの命令で監視していたが、ゼウスの命を受けたヘルメスが殺した。

書き終えた手紙を、腹心の小間使いが、なま暖かい
　ふところに入れ、幅広の帯に隠して持ち出すことができるとしたら、
また、紙切れをふくらはぎにくくりつけて隠すことができるとしたら、
　さらに、甘い言葉のメモを足の裏に貼り付けて運べるとしたら。
見張り番がこれに気づいたら、腹心の小間使いに紙の代わりに背中を
　出させ、その体に書き込んだ言葉を運ばせるがよい。
しぼったばかりの牛乳で書いた文字も安全で眼をあざむける、
　炭の粉をふりかければ読むことができるからだ。
湿った亜麻の種で書いたものも眼をあざむけるし、何も書かれていない
　書板の蠟の下に隠された文字を伝えることもできるだろう。
アクリシオス(3)は娘の身を守ろうと心を配ったが、
　娘は自分で罪を犯して父アクリシオスを祖父にしてしまった(4)。
見張り番に何ができるだろう、都にはこれほどにも多く劇場があるし、
座ってシストルムを振りならし、パロスの牝牛を崇めるし(5)、
　戦車競走を女は喜んで見物するし、
　男の同伴者が入場を禁じられているところへも出かけるからには。
ボナ・デア(6)は男の目をその神殿から遠ざけておられるのだ、

(3)アルゴスの王でダナエの父。
(4)ダナエは黄金の雨に身を変じたゼウスと交わりペルセウスの母となった。
(5)イシスの祭儀。シストルムは祭儀に用いられたガラガラに似た楽器。牝牛はイシス女神の化身とされていた。
(6)ローマの女神で「よい女神」の意。毎年十二月に行なわれる祭礼には女のみ参加を許された。

女神が入れと命じたもう男を別にすれば。
見張り番が外で女のトゥニカ[1]の番をしていようが[2]、
数多くある浴場は密かな楽しみを隠してくれる。
必要であれば、いつでも女友達に仮病をつかわせ、
どれほど「重病」でも、その寝台を空けさせることができる。
合鍵は「姦通の鍵[3]」というから、何をすべきかを教えてくれるし、
　忍び込む通路は玄関だけにあるのではない。
見張り番の警戒なんぞは酒をたっぷり飲ませればごまかせるし、
　それもヒスパニア[4]の山で採れた葡萄の安酒でいい。
そのほかに薬もあり、これは深い眠りを誘い、
　忘却の河の闇に目を負かして覆ってしまう。
腹心の小間使いにいやな見張り番を相手にだらだらといちゃつかせて
　引き留めさせ、長く見張り番にくっつけておくというのも悪くない。
これ以上くどくどと細々した教えを垂れたとて役には立つまい、
　ほんのちょっとした贈り物で見張り番など買収できるのだから。
信じてもらいたい、贈り物は人間も神々もともにとらえるものなのだ。
　ユッピテルご自身も贈り物を捧げられると怒りをお鎮めになる。

(1) ローマ人が用いた貫頭衣。通例、男性用は半袖で丈は膝まで、女性用は長袖で丈は足もとまで。
(2) 公衆浴場では盗難防止に奴隷が外で番をすることがあった。
(3) adultera clavis.
(4) ヒスパニア（スペイン）の葡萄酒は安物とされていた。

賢者はどうだろう。愚者も贈り物を喜ぶが、
　賢者もまた贈り物をもらうと、ものを言わなくなるだろう。
だが見張り番には一発で買収して長期に効き目があるようにしておかねば
　ならぬ。こういう輩は一度手を出すと何度でも手を出してくるから。

覚えているが、親友をも恐れなければならぬと嘆いたことがあった。
　あの嘆きは男だけとは限らない。
そなたがお人好しであれば、他の女がそなたの喜びを摘み取ってしまい、
　ここの兎は他の女に狩られてしまうだろう。
寝台と部屋を自ら進んでそなたに提供してくれている女友達でさえ、
　いいかね、一度ならずこの私と共寝したことがあるのだ。
そなたに仕える小間使いに美人すぎるのはよくない。そういう
　女は私のために女主人の代わりをつとめてくれたこともよくあった。

頭がおかしくなって、私はどこに向かっているのか。なぜ胸襟を開いて
　女という敵に突進し、自ら通報して敵の手に落ちようとしているのか。
鳥だって鳥刺しにどのあたりで自分を狙えばいいかを教えは

しないし、鹿だって攻撃してくる猟犬に走ることを教えはしない。
利害は利害として、私は始めたことを忠実にやりぬくことにする。
　私の命を狙う剣をレムノスの女たち(1)にも与えよう。
男が愛されていると思い込むように（たやすいことだ）仕向けるのだ。
　自分の念願達成に躍起になっている者たちはすぐに信じてしまう。
女はさらに愛らしく若者を見つめ、胸の奥底からため息を洩らし、
　どうして来るのがこんなに遅いの、と訊ねるがよい。
さらに涙を流し、ほかに好きな女の人ができたのねとすねてみたり、
　男の顔に爪を立てたりするのもいい。
すぐに男は信じ込み、さらに、かわいそうにと同情してきて
「この女は俺に惚れ込んでやきもきしている」と言うだろう。
とりわけ伊達男で鏡を見て悦に入っているような男だと
　女神たちでも自分への恋におちるかもしれないと思い込むだろう。
しかし、どんなひどい仕打ちをされても心乱されるのをおさえ、
　恋敵のことを聞いても、がっかりしないように。
早合点もよくない、早合点がどれほど事を損なうかは、

（1）エーゲ海の小島レムノスの女たちはアプロディテ崇拝を軽んじたので全身から悪臭を放つという罰を受け、男たちに棄てられた。女たちはこの侮辱に怒り、一夜のうちに島の男たちを皆殺しにした。

プロクリス[2]の例がそなたたちには軽からぬ先例となるだろう。
花咲くヒュメットス山の深紅の丘近くに
　聖なる泉と緑の芝も柔らかな土地がある。
さほど高くない木々が森をなし、ヤマモモが草を覆い、
ローズマリーや月桂樹や黒いギンバイカが香りを放っている。
葉の繁ったツゲ、たおやかなギョリュウ、
　ほっそりしたウマゴヤシ、手入れの行き届いた松もある。
穏やかな西風と体によいそよ風に吹かれて、
　さまざまな種類の木の葉と草の葉先が揺れている。
ここはケパロスにとって心地よい休息地であった。奴隷や猟犬を残し、
　若者は疲れると、この地で憩うことが多かった。
「私の暑さを和らげてくれるアウラよ[3]」と彼はいつも歌った、
　「気まぐれなアウラよ、私の胸に受け止めよう、さあ、おいで」。
あるお節介な男が、プロクリスの気弱な耳に
　歌声を聞き覚えてそのまま伝えてしまった。
プロクリスは「アウラ［そよ風］」を恋敵の女の名前と受け取り、

(2) アテナイ王エレクテウスの娘。暁の女神エオス（アウロラ）と別れたケパロスはアテナイに帰ってプロクリスと結婚した。『変身物語』第七巻参照。

(3)「そよ風（aura）」は女性名詞で、プロクリスは恋敵の女の名前だと誤解してしまった。

気を失って倒れ、突然の悲嘆のあまり声を失った。
顔面蒼白となったその様子は、ブドウの房を摘み取ったあとの
遅れ葉が、初冬の寒さに痛めつけられて蒼ざめるがごとく、
枝をたわめる熟れたマルメロのごとく、
いまだわれわれが食べるには十分熟れていないサンシュユのごとし。
われに返ると、胸から薄い着物を
破り、なんの罪もない頬に爪を立てて傷つけ、
すぐさま髪振り乱して荒れ狂い、通りを駆け抜けていった、
それはちょうど神杖に打たれて興奮したバッコスの信女のようだった。
ケパロスの出かけた場所の近くに来ると、彼女は供の者を谷に残し、
勇気を出してひとり足音を立てずにこっそりと森の中へ入っていった。
こんな風に正気を失って身を忍ばせていたときのそなたの気持ちは、どう
だったのか、プロクリスよ。仰天した胸の熱き思いはどうだったのか。
そなたは考えていた、アウラがどんな女にせよ、もうすぐやってくる、
しかも自分の眼で恥知らずの行為を見させられるのだ、と。
来たことを悔やむかと思えば（現場をおさえるつもりはなかった）、
来てよかったとも思う。愛する気持ちが揺れて胸の内を苦しめる。

場所、名前、告げ口した男と信じるに足るものはあるし、
人の心は心配していることが実際にあると思うのが常だからである。
草が押しつぶされて、体の跡があるのを見て、
心臓の鼓動は高まり、胸は不安で早鐘を打つよう。
すでに正午となり、ものの影も短くなり、
夕暮れと日の出との間隔は等しくなっていた。
すると見よ、キュレネ山生まれのヘルメスの子ケパロスが帰ってきて、
ほてった顔に泉の水をかけている。プロクリスよ、
そなたは不安な思いで隠れている。彼はいつもの草に横たわると、
「やさしい西風よ、そよ風（アウラ）よ、そばにおいで」と言った。
嬉しいことに名前の聞き違えであることが哀れな女に明らかになった時、
正気に返り、顔色も元通りになった。
彼女は立ち上がり、すばやく体を動かして、行く手をさえぎる草を
かきわけて、妻として夫の胸に抱かれようと進む。
夫は獣を見たと思い込み、若者らしくすっくと
立ち上がり、手に槍を握った。
幸薄き男よ、何をするのだ。獣ではない。槍を捨てるのだ。

ああ、あわれ、うら若き女はおん身の槍に刺し貫かれてしまった。
「ああ」と彼女は叫ぶ。「あなたを慕うこの胸を突き刺してしまわれた。
この胸の傷はケパロスにつけられた傷として永遠に残ります。
時を得ずして死んでゆきますが、恋敵に傷を受けたのではありません。
これで、この地に眠る私にとって、土よ、そなたは軽くなる[1]。 七四〇
はや呼気は私がその名を疑ったそよ風へと出ていこうとしています。
ああ、私は死んでゆきます。その愛しい手で私の眼を閉じて下さい」。
夫は死にゆく妻の体を悲しみに沈む胸に
抱いて、無惨な傷口に涙を注いで洗う。
彼女の息は意識を失った胸から少しずつ抜けてゆき 七四五
不幸な夫の口に吸い取られてゆく。

さて、仕事に戻ることにしよう。腹蔵なく話を進めなければならぬ、
私の疲れ切った船を港につけるために。
そなたは私に宴席に連れて行ってもらおうとうずうずしていて
そしてこの面でも私の助言を求めておられる。 七五〇
宴席には遅れて行くこと。灯が入ってからしとやかに入っていけばよい。

(1) 死者埋葬の墓碑に「土が汝の上に軽からんことを」という文句を刻む習慣があった。

遅ければありがたみが増すし、遅刻は恋の最大の取り持ち役なのだ。
たとえ器量が悪くとも、酔った男たちには美人に見えるだろうし、
他ならない夜がそなたの欠点を隠してくれるだろう。
食べ物は指でつまむがよい（食事のしぐさも重きをなすものだ）。
汚れた手で顔中べたべたにしてはならない。
家で前もって食事をすませておくのはよくないが、食べられるだけ
食べるのはやめておき、腹八分目にしておくがよい。
プリアモスの子パリスもヘレネががつがつ食べるのを眼にしたら、
嫌気がさして、「俺が掠ってきた女は馬鹿な女だ」と言うことだろう。
女が酒を飲むのは似合っているし、適切にすべきだろう、
バッコスよ、おんみはウェヌスの子アモルと関係は悪くないのだから。
ただ、これもまた、頭がしっかりしていて、心も足どりも
ふらつかず、一つの物が二重に見えることがない限りにおいてのこと。
女が深酒でぐでんぐでんになって身を横たえているのは見苦しい。
そんな女は、どんな風に男に犯されようとも文句は言えない。
食卓が片付けられたあとで、眠り込んでしまうのも安全ではない。
眠っている間に恥ずべきことが多くなされるのはよくあることである。

これから先は教えるのが恥ずかしいのだが、慈悲深きディオネ(1)は、
「恥ずかしいことが、とりわけ、わが仕事である」と申される。
女はそれぞれおのれを知らなくてはならない。体つきによって確かな体位
をとるがよい。一つの体位がすべての女に合っているとは限らない。
美貌卓越した女は仰向けに寝たまえ。
背中に自信がある女はうしろから見てもらうがよい。
メラニオン(2)は妻アタランテの脚を肩にかついでいたが、
脚がきれいならこういう方法でかついでもらうべし。
小柄な女は馬乗りになればよいし、一方、背が極めて高かったので、
テーバイ生まれの女(3)は夫ヘクトルの上に馬乗りにはならなかった。
うなじを少しうしろに反らせ、ふとんに両膝を立てる体位がよいのは、
すんなりとした腰が見栄えのする女だ。
腿が若々しく、その胸も非のうちどころがない女は、
男を立たせて、自分は寝台に斜めに体を伸ばすべきだ。
ピュロスの母(4)のように髪を解くことを見苦しいと
思わず、乱れ髪のままにうなじを後ろに反らせるがいい。

(1) ウェヌスのこと。
(2) アンピダマスの子。アタランテに競争で勝って、その夫となった。アタランテは男の子を欲しがっていた父に棄てられたが、牝熊が乳を与え、猟師が発見して育てられた。成人すると、女神アルテミスのように山野で狩りをしていた。
(3) アンドロマケ。
(4) ピュロスはテッサリアの町であるが、ここではテッサリアと同義。そこで、「ピュロスの母」をテッサリアのプロテシラオスの妻ラオダメイアと解する説もあるが、ラオダメイアは子なきままに死んだので、「母」と呼ぶには無理がある。そこで、「髪を解く」というところから「バッコスの信女」のことだと解する説もある。

出産の女神ルキナ(5)によって腹にしわを刻みつけられた女よ、そなたも
　また早駆けするパルティア人のように馬首に背を向けて乗りたまえ。
愛の体位は千とある。簡単で疲れが最小なのは、
　右腹を下にして半ば仰向けに横になることだ。

だが、ポイボス(6)の祭壇も角の生えたアンモン(7)も
　私のムーサよりも本当のことをそなたたちに語りはしないだろう。
長年の私の経験から学んだ技術にいささかなりとも信が置けるとすれば、
　信じてくれたまえ。私の歌はその信頼に応えるだろう。
女は心の奥底から縛りをとかれてウェヌスの喜びを感じるがよい、
　また、あのことで男も女も等しく快楽を味わうべし。
甘ったるい声も、喜びが洩らすささやきも、やめてはいけないし、
　また、愛の交わりのさなかに淫らな言葉を口に出さないのもいけない。
生まれつき不感症の女も
　いつわりの声を出して甘い喜びを装うがよい。
(あそこが鈍くて感じない女は不幸である、
　男も女も等しく楽しめるはずであるのに)。

(5) 光(lux)の中にもたらす神、すなわち誕生の女神としてのユノの別称。

(6) アポロンのこと。

(7) ハンモンともいう。牡羊の姿、あるいは、頭に牡羊の角をいただく姿のエジプトの神であるが、ローマではゼウスと同一視された。

ただし、装っているときには、ばれないように用心したまえ。
　体の動きと目つきで信じ込ませるのだ。
声と口から洩れる喘ぎで喜びがいかに大きいかを示すがよい。
　ああ言うも恥ずかしいが、そなたのあそこに秘密の印が現われている。
ウェヌスの快楽のあとで愛する男に贈り物をねだるような女は
　自分の願いに重きをおかない女だ。
すべての窓から寝室に光を入れないようにしたまえ。
　そなたの体の多くの部分が隠れているほうが望ましい。

戯れもこれでおしまいだ。白鳥たち(1)から降りるべきときが来た、
　われらの乗った車をその頸で引いてくれたあの白鳥たちから。
かつて若者たちにそうしたように、今度も私のもとに集まってきた
　女たちよ、戦利品にこう書くがよい、「ナーソー(2)が師匠でした」と。

(1) 白鳥はアポロンの戦車を曳くものとされているが、一方では、ウェヌスの戦車を曳くものともされていた。
(2) オウィディウスのこと。

恋の病の治療

アモルが本作品の名前と題を読んで、
「見たところ、私に戦を仕掛けているのだな、戦を」とおっしゃる。
「クピドさま、おんみの詩人たる私を罪ありとして非難なさいますな。
おんみの指揮の下、手渡された軍旗[1]を何度も私は担いましたのに。
私はテュデウスの子ディオメデス[2]ではありません。彼こそおんみの母に
傷を負わせ、マルスの馬で清澄な天界に敗走せしめたのです。
若者の中には恋の情熱が冷める者もよくありますが、私はいつも恋をして
きましたし、今はどうだと問われれば、今も恋していると答えます。
それどころか、いかなる技術でアモルが獲得できるかを私は教えたし[3]、
かつては衝動であったものが、今では方法になっています。
かわいい少年神よ、私はおんみも自らの技術も裏切ったりはしないし、
新たなるムーサが、かつての作品をほどいたりもしません。
恋することが喜びで恋する者がいるならば、幸多く情熱を傾けて
楽しみ、順風のままに航海するがよい。

（1）signa.「軍旗」と訳したが、布製ではなく金属製。
（2）ホメロス『イリアス』の中でアキレウスにつぐ英雄。トロイア戦争のとき、ウェヌス（アプロディテ）は彼によって傷つけられ、マルス（アレス）に助けられた。『イリアス』第五歌参照。
（3）『恋の技術』全三巻。

だが、もしつまらぬ女のわがままに我慢する者がいるならば、
身を滅ぼさぬように、わが技術の助けを試すがよい。
なにゆえに恋をしたある者は首に縄をかけ
高い梁から悲しき重荷となってぶら下がったのか？
なにゆえにある者は堅き剣でおのれの胸を刺したのか？
平和を愛するおんみ[4]とて殺しの恨みをかっているのです。
もしやめなければ惨めな恋で身を滅ぼしそうな者がいれば、やめさせよ。
さすれば、おんみは誰かの死を招いた者にはならないでしょう。
おんみは少年神であるからして、ふさわしいのは遊ぶことだけ。
お遊びなさい。おんみの年齢にふさわしいのはやさしき支配。
なんとなれば、おんみは矢を箙から抜いて戦に用いることもできたが、
おんみの矢は死をもたらす流血とは無縁だからです。
剣と鋭き槍で戦うのは義父[5]にやらせ、
多くの殺戮で血まみれの勝者として凱旋させるがよい。
おんみは我らも安全に用いることができる母上の技を尊重なさるがよい。
さすれば、それで母親が子供に先立たれるということはなくなります。
夜のけんか騒ぎで玄関の戸を蹴破るもよし、

（4）クピドのこと。

（5）マルス（アレス）。実際には、「義父」というよりは母の「愛人」。

多くの花冠で戸を飾っておおうもよし、
若者と内気な娘を密会させるもよし、
また、どんな技を使ってもよいから、用心深い亭主をだますもよし、
頑なな扉に向かっては、お世辞を言ってみたり、悪口を言ってみたり、
閉め出された恋する男(1)には、悲しみの歌を歌わせるがよい。
人殺しの汚名をこうむらずに、おんみはこの涙で満足できましょう。
おんみの松明は貪欲な荼毘の火付けにはふさわしくありません」。
こう私が言ったところ、金色のアモルは宝石をちりばめた翼を
動かして、私に「始めた仕事をやりとげよ」と仰せられた。

裏切られた若者たちよ、私の教えを乞いに来たまえ、
自らの恋にすっかり絶望した者たちよ。
諸君が恋する術を学んだこの私から、癒やされ方も学ぶがよい、
この同じ手が諸君に傷も救いももたらすだろう。
大地は薬草を育てもするし、毒草を
育てもする。バラはイラクサの隣に咲くことが多い。
かつてヘラクレスの子テレポス(2)という敵に傷を負わせた

(1)「閉め出された恋人」は、ギリシア・ローマの恋愛詩によく使われるモチーフ。

(2)テレポスはアキレウスに追われ逃げるときに葡萄の枝につまずいて倒れて太腿に傷を受けた。八年後ギリシア軍がアウリスに集合したとき、アポロンの神託は傷を負わせた者が医となったときに傷が癒やされるであろうと告げたので、アキレウスが槍の錆を傷につけると傷は治った。

　ペリオン山(3)の槍が、また、その傷を癒やしたのだ。
男たちに言ったことはどんなことであれ、女たちよ、そなたらに
　言ったことと考えよ。私は敵味方双方に武器を与えるのだ。
そのうちでなにか女たちには不要なものがあったとしても、
　それでも実例によって多くを教えてくれるはずだ。
有効な目的となるのは、激しい恋の炎を消すこと、
　それに、自らの弱さの奴隷とならない心をもつことである。
ピュリス(4)は死なずにすんだであろう、もし私を師として
　九度歩んだ道をもっとしばしば歩んでいたならば。
また、死にゆくディド(5)は城砦の高みから眺めることもなかっただろう、
　トロイア人の船が出帆していくのを。
また、苦悩のあまり母たるメデイアは実の子に刃を振るい、
　血を分けたわが子を殺して夫(6)に復讐することもなかっただろう。
テレウスも、ピロメラにのぼせていたにせよ、私の技に従っていたら
　罪ゆえに鳥(7)になることもなかったであろう。
私にパシパエ(8)をよこすがよい、すぐに牡牛への恋を捨てるだろう、
　パイドラをよこすがよい、パイドラの恥ずべき恋(9)もなくなるだろう、

(3)テッサリアの高山。アキレウスの槍はこの山の木から柄が作られた。
(4)トラキアのビサルタイ人の王の娘。デモポオンと結婚したが、帰国の約束をしてアテナイに出かけた夫に裏切られ、縊死した。
(5)カルタゴの女王。彼女は嵐に遭ってカルタゴに漂着したアイネイアスに恋したが、アイネイアスは彼女を棄てて出国したので、火葬壇に登って自殺した。
(6)イアソン。
(7)ヤツガシラ。
(8)クレタ王ミノスの妻。半人半牛の怪物ミノタウロスを生んだ。
(9)義理の息子ヒッポリュトスへの恋。

パリス(1)を私によこすがよい、メネラオスはヘレネを手放すことなく、
　ペルガマ(2)はギリシア軍に破れ陥落することもなかったであろう。
親不孝の娘スキュラ(3)が、もし私の本を読んでいたら、
　ニソスよ、お前の頭に深紅の髪の毛は残っていたであろう。
人々よ、私の指揮の下で、破滅をもたらす恋の心労をおさえ、
　私の指揮の下で、乗組員ともども船をまっすぐ進ませたまえ。
あなたがたが恋を学んだ時、『恋の技術』は必読書であった。
　今もまたナーソー(4)を読むべきだろう。
私は公の中立人(5)として恋という支配者に抑えつけられていた心を
　解放しよう。それぞれ、解放する杖に拍手喝采を。

まずおんみにお願いします、おんみの月桂冠が私を助けたまわんことを、
　詩歌と医術の創始者たるポイボス・アポロンよ。
詩人たる私と医師(6)たる私とに等しく助けを与えたまえ、
　いずれの仕事もおんみの庇護の下に入るものなれば。

可能な間に、穏やかな感情が心を動かしている間に、

(1) トロイアの王子。メネラオスの妻ヘレネを奪い、トロイアに連れ帰る。
(2) トロイアの城塞。
(3) メガラ王ニソスの娘。メガラを攻めたミノスのために父の髪の毛を抜き取ったためメガラは陥落した。
(4) オウィディウスのこと。
(5) 解放の儀式で奴隷の頭に杖を置き自由民となったことを宣言する役人。
(6) 恋の病を治す者。

恋がいやになれば、入り口の最初のところで足を止めるがよい。
恋という急な病の悪しき種は、新しいうちに押しつぶし、
　進み始める馬を止まらせるのだ。
というのも、時の経過は力を与え、若いブドウを熟させ、
　若草であったものをたくましい穀物にする。
そぞろ歩きの人々に広い蔭を与えている樹も、
　最初植えられたときには小枝に等しかった。
そのときには地表から手で引き抜くこともできたのだ。
それが今では自らの力で成長し、四方八方に根を広げて立っている。
愛するものがどのようなものか頭をすばやく巡らせて考え、
　傷つけそうな軛から首を引っ込めるがよい。
抵抗するなら最初のうちだ。薬を用意しても手遅れになるのは、
　長いことためらっているうちに病気が力をつけてしまうからだ。
急ぐのだ、先の先まで引き延ばしてはいけない。
　今日できなければ、明日はもっとできなくなる。
恋というものはすべて逡巡することによって人を欺き、栄養を見出す。
　早ければ早いほど恋からの解放に最良の日となる。

知っての通り、大きな水源から発している川はほとんどない。
　たいていは水を集めて大きくなる。
どれほど大きな罪を犯そうとしているかに早く気づいていたなら、
　ミュラ(1)よ、そなたは顔を樹皮でおおうこともなかったろう。
私の知見によれば、初期の内であれば治療可能だった傷が
　長いことぐずぐずしているうちにひどい目にあうことがある。
それなのにウェヌスの果実を摘むのが楽しいので、
　われわれは「明日だって変わりはしない」とたえず言っていて、
その間に炎は静かに五臓六腑に忍び込み、
　悪しき樹木はより深く根を張り巡らす。

だが早期の救援の時期が失われて
　古い恋が囚われの心に居座ってしまうと
より大きな仕事が残ることになる。しかし、病人に呼ばれるのが
　遅いからといって、私は病人を見捨てておくことはしない。
ポイアスの子たる英雄ピロクテテス(2)は、傷を受けた部分を
　ためらうことなく、わが手で切除しなければならなかった。

(1) キュプロス王キニュラスの娘。実の父を恋し、後悔して神に祈ったところ、からだが香木の没薬樹（ミュラ）の樹皮に覆われることになった。

(2) トロイア戦争に参加したが、テネドス島で毒蛇に咬まれ、その傷が化膿して悪習を放ったため島に置き去りにされた。

しかし、何年もののち、快癒した彼は
　トロイアの戦いに最後の一撃を加えたと考えられている。
先ほどまで私はかかったばかりの病気を急いで追い払おうとしていたが、
　今度は落ち着いてゆっくりと君に救いの手を差し伸べることにする。
恋の炎を鎮めるには、できれば、それが新しいうちか、
　それとも炎が自らの力で尽きたときである。
激情がほとばしっている間は、ほとばしる熱情に身をまかせよ。
　すべからく勢いのあるものには近づくのがむつかしい。
愚か者というものだ、斜めに泳いで下って川を渡れるのに、
　流れに逆らって悪戦苦闘するのは。
押さえのきかない、まだどうにも手がつけられない心は、
　忠告する者の言葉を退け、憎らしく思うものだ。
こういう輩に近づくのがよいのは、もう自分の傷に触れられるのを
　許し、真心のこもった言葉に耳を傾けようとするときだ。
愚者でなければ、息子の死に泣く母親を止めようとする者が
　いるだろうか。こういう場合には母親にあれこれ言うべきではない。
彼女が涙を流し、心の悩みを晴らしたのち、はじめて

その悩みは言葉で和らげられることになる。
時宜を得る技術は医薬にも等しい。時を得て与えた酒は効能があるし、
　時を得なければ害になる。
それどころか、心の病に火をつけ、禁じることで悪化させるだろう、
　もし時宜を得て近づかなければ。

それゆえ、私の技術で恋の病から治せると分かったなら、
　私の忠告に従い、まず、暇を避けるがよい。
暇が恋するように仕向けて、これまでの所業を温存する。
　暇こそ「楽しい恋の病」の原因であり、栄養源なのだ。
暇を取り上げれば、クピドの弓も用なしとなり、
　彼の松明も消えて見捨てられる。
プラタナス(1)が葡萄酒を、ポプラが水を、
　沢の葦が泥を喜ぶほどに、
それほどに、ウェヌスは暇を愛している。恋に終わりを告げたければ、
　(恋は仕事に負けるから)仕事をしたまえ、そうすれば安全となる。
無気力、誰はばからぬ際限のない睡眠、

(1) 樹下で酒を飲むためにプラタナスを植え、ときどき献酒がわりに根元に水をやったから。

サイコロ博打、深酒でうずくこめかみ、
これらは傷を与えることなく、精神からあらゆる活力を奪い取り、
狡猾なアモルは油断した者の心に忍び込む。
この少年神は怠惰のあとを常に追いかけ、活動する者を嫌う。
　空っぽの心には、気を取られる仕事を与えるがよい。

法廷があり、法律があり、弁護すべき友がいる。
　あるいは、市民のトガ(2)の白く輝く陣営に進むのだ(3)。
さもなくば、血まみれの軍神マルスの男らしい務めを
　引き受けよ。恋の楽しみなどすぐに君に背を向けるであろう。
見よ、敗走するパルティア人を(4)。これぞ壮大な凱旋式を新たに
　提供してくれる。既に自らの戦野にカエサル(5)の軍を目にしている。
クピドの矢とパルティア人の矢をともに打ち破り
　祖国の神々のもとへ二重の勝利をもたらすがよい。
ウェヌスはアイトリア(6)のディオメデスの槍に傷つけられるやいなや、
　自らの恋人マルス(7)に戦をするよう命じる。
アイギストスがどうして姦夫(8)となったのか、お尋ねか？

(2)ローマ市民の平和時の正装の外衣。
(3)「公職に就くために選挙に立候補せよ」の意。立候補者は純白のトガを着用した。
(4)当時民衆はアウグストゥスがパルティ族に戦を仕掛けるだろうと思い込んでいた。
(5)アウグストゥスのこと。
(6)ギリシア本土西部にある地域。
(7)ギリシア神話ではアレス。
(8)トロイア戦争に総大将として出かけていたアガメムノンの妃クリュタイムネストラと通じ、帰国した王を殺害した。

　理由は明白。彼が怠惰だったからだ。
他の者たちはイリオン[1]でぐずぐずと戦をしていて、
　ギリシアは全土をあげて力を注いでいた。
一方、アルゴスでは戦に力を注ごうとも戦はなく、
　法廷にと思っても、訴訟沙汰はなかった。
彼はそこで無為に過ごさぬために、できること、つまり、恋をしたのだ。
　こうしてかの少年神が来て、こうしてかの少年神は居続けた。

田園と耕作の意欲もまた心を楽しませるものである。
　どんな楽しみも、この楽しみには負ける。
飼い慣らした牡牛の首に軛の重荷を負わせるのだ、
　曲がった鋤で硬い土を起こすために。
掘り起こした地面にケレス[2]の種を埋めるがよい、
　畑は収穫をどっさり返してくれるだろう。
見るがよい、果実の重みでたわんだ枝を、
　果樹は自分がつけた果実の重みにほとんど耐えられないほどだ。
見るがよい、快い音をたてて流れる川を、

(1)トロイアのこと。
(2)穀物・豊穣の女神。

見るがよい、豊かな草を食む羊たちを。
見よ、雌山羊が険しい岩山、切り立った岩を目指している。
　やがて張った乳房をおのが子らに持ち帰るだろう。
牧人は葦笛で歌の調べを奏で、
　供として忠実なる犬たちがひかえている。
別のところでは、深き森が風音を立て、
　母牛は自分の子牛がいないと嘆いている。
どうだろう、蜜を取るために曲げた柳の枝でつくった巣箱をとりはずし、
　煙を起こして蜂の群を追い出すときの楽しさは。
秋は果実をもたらし、夏は麦の刈り入れで美しく、
　春は花々を差し出し、冬の寒さは火で和らぐ。
一定の季節に農夫は熟した葡萄を
　取り入れ、裸足の下から葡萄の汁が流れる。
一定の季節に刈り取った草を束ね、
　刈られた地面を目の粗い熊手で掃く。
君は水で潤った庭に自ら苗を植え、
　ゆるやかに流れる水路を自らつけることができる。

接ぎ木の時期が来れば枝に枝を接ぎ
　樹が他の木の葉でおおわれるようにする。
ひとたびこういう喜びが心を慰めはじめると、
　アモルはその翼も力を失いむなしく去って行く。
あるいは狩りに熱中するのだ。しばしば
　ウェヌスはポイボスの妹[1]に打ち破られて不面目にも退却した。
今こそ俊敏な犬を使って逃げゆく兎を追いかけよ、
　今こそ君の投網を葉繁る山脈に張れ。
あるいは臆病な鹿をさまざまな色の案山子でこわがらせ、
　また、猪には槍を向け刺し貫いて倒すのだ。
夜になると、女への関心ではなくて睡眠が疲れた体を
　迎えてくれ、安らかな休息で四肢を回復してくれる。
穏やかな楽しみ（しかし楽しみには違いない）、それは鳥を
　あるいは網であるいはトリモチザオで捕まえてささやかな獲物と
したり、また、食い気のある魚が貪欲な口で身の破滅も知らず飲み込む
　銅製の釣り針を、吊した餌に隠したりすることだ。
あの手この手を使って恋を忘れてしまうまで、

（1）ポイボス・アポロンの妹は狩りの女神であるディアナ（アルテミス）。

　君はひそかに君自身を欺かねばならぬ。
どれほど堅い恋の鎖で縛られていようとも、
　ひたすら遠くへ逃れ、長い旅を歩き続けるのだ。
泣くこともあろうし、棄てた女の名が心に浮かび、
　しばしば旅の半ばで君の足が止まることもあるだろう。
しかし行きたくなければないほど遠くへ行くのだということを忘れるな。
　我慢して嫌がる足を無理にも走らせるのだ。
雨が降ればいいのにと願ったりするな、また、異国の安息日(2)も
　アリア川での敗戦記念日(3)も君を引き留める口実にしてはいけない。
どれだけ歩いてきたかではなく、どれだけ残っているかと問うて
　みるのだ。近くに残ろうとして長居する口実をつくってはならぬ。
日数を数えたり、何度もローマを振り返ってみたりはせず、逃げるのだ。
　パルティア人がいまだその敵から安泰なのも逃げているからなのだ。
私の助言が厳しいと言う人もあろう。厳しいというのは私も認める。
　しかし、病から癒えるには多くの苦痛に耐える必要がある。
病気の時にはいやでも苦い薬をしばしば飲んだし、
　食べたいと願っても、ご馳走は許されなかった。

(2) sabbata. ユダヤ人の安息日。
(3) 前三九〇年七月十八日、アリア川でローマ軍はガリア人により大敗北を喫した。これより、この日は凶日となり、旅立ちなどには縁起の悪い日となった。

体の回復のためには鉄でも火でも我慢して、
　喉が渇いてもからからの口を水で鎮めてはいけない。
心の健康のために君は何を我慢できないと言うのか？
　この心の部分は体よりも大切なのだ。
しかしながら、私の療法の入り口が最もつらいところであり、
　最初の時期を耐え忍ぶことが唯一しんどいところである。
ご存じの通り、はじめて軛をつけた若牛は痛がるし、
　新しい腹帯は駿馬を傷つける。
父祖の家神から離れるのはおそらくいやだろう。
　しかし、君は出て行き、そしてそれから帰りたくなる。
君を呼び戻すのは家神ではなくて女への愛であり、
　それが君の過ちに対して立派な言葉を口実にして呼び戻すのだ。
一度出てしまえば、君の心労に対して百の慰めを、
　田園が、仲間が、長旅が与えてくれるだろう。
立ち去るだけで十分だと考えてはいけない。離れている時間を長くせよ、
　恋の炎が力を失い、灰に火の気がなくなるまで。
心が固まらぬうちに急いで戻ったりすれば、

アモルは反抗して君に荒々しい戦を仕掛けてくるだろう。
離れていたとしても、君は飢えて渇いた状態で戻ってくることになり、
　離れていた時間はすべて君の身の破滅をもたらすことになろう。

試してみるがよい、もしハイモニア(1)の地の毒草とか
　魔術が効くと思う者がいれば。
こういうものは魔術の古いやり方だ。わがアポロンは
　聖なる詩歌で無害の療法を示してくださる。
私を指南番にすれば墓から幽霊に出るよう命じたりすることはなく、
　老婆が縁起の悪い呪文を唱えて大地を裂くこともなく、
作物が畑から別の畑へ移動することもなく、
　ポイボスの球(2)が突然蒼白くなることもないだろう。
いつものようにティベリス川は海水に流れ込み、
　いつものように月の女神（ルナ）は雪のように白い馬車で進むだろう。
呪歌によって心労が胸から取り除かれることはないし、
　アモルが天然の硫黄(3)に負けて逃げ出すこともないだろう。
パシス(4)の地に生える草がそなたに役に立ったというのか、

（1）テッサリアのこと。ここは古来魔法・妖術の地とされていた。

（2）太陽の球体。

（3）まじないに用いたものであろう。

（4）コルキスにある川で黒海に注いでいる。

コルキスの女メデイアよ、故国の家に留まりたいと願ったときに。
キルケ[1]よ、そなたの母ペルセイスの薬草がなんの役に立ったのか、
順風がネリトス[2]の船を運び去ったときに。
そなたは機略縦横なる客人[3]が去りゆかぬようにあらゆる手を尽くした。
しかし、彼は帆を一杯に張り逃亡を確実にした。
そなたは激しい恋の炎に身を灼かれぬようにあらゆる手を尽くした。
しかし、アモルは嫌がる胸に長く居座った。
そなたは人間を千の姿に変えること[4]ができたが、
自分の心の法則を変えることはできなかった。
ドゥリキオン[5]の王がすでに立ち去ろうとしていたとき、
そなたはこのような言葉で彼を引き留めようとしたと言われている。
「忘れもしない、はじめに私が望んでいたこと、つまり、
夫になってもらいたいということを、今さらお願いはいたしません。
でも、私はあなたの妻にふさわしいと思っていました、
私は女神だし、偉大なる太陽神の娘ですもの。
お願いしたいのは急がないでということだけ。せめてもの恵みとして
時間を下さい。これほどささやかな願いがほかにありまして？

（1）太陽神ヘリオスとオケアノスの娘ペルセイスの娘。魔法にすぐれた女神。
（2）オデュッセウスの故郷イタケの山。
（3）オデュッセウス。
（4）たとえば、オデュッセウスの部下たちを豚に変えた。
（5）オデュッセウスの支配下にあったイタケ南東の島。

ご覧のように海は荒れていますし、警戒しなければなりません。
もう少し時がたてば風は船の帆のたすけとなるでしょう。
逃げ出そうとする理由は何なのでしょう。ここに新トロイアが興る
わけではないし、再び仲間に武器をとれと呼び出す者もいません。
ここには愛と平和があり、私一人ひどく傷を受け苦しんでいますが、
国中はあなたの支配の下に入るでしょう」。
キルケがこう話している間にもオデュッセウスは出帆しようと
していた。南風は帆とともに甲斐なき言葉を運び去った。
キルケは燃え上がり、手慣れた魔術に訴えた。
しかし、それによって恋の炎が弱められるということはなかった。
それゆえ、君が誰であれ、私の療法に助けを求めるなら、
毒薬や呪文に信をおくことなかれ。

強力な理由があって世界の支配者たるローマに留まるのなら、
都で私の忠告がどのようなものであるかを聞くがよい。
わが身の自由をかちとる最良の人は、胸を傷つけた
鎖を断ち切り、すっぱりと憂いを晴らした者である。

それほどの勇気をもっている人がいるなら、私自身もその人に賛嘆を
　惜しまず、そして言うだろう、「あの人には私の忠告は必要ない」と。
今愛している相手を愛していることを忘れようと苦労している君、それが
　できないのだができることを願っている君こそ私に教えを乞うべきだ。
性悪女の数々の所業を何度も思い返し、
　受けた損害すべてを眼前に思い浮かべよ。
「あの女はこれもあれも自分のものにしているくせに、その略奪品に
　まだ満足していない。強欲なあいつはわが家まで競売に出しやがった。
こんなふうに誓いを立て、誓いを立てたうえで俺を裏切った。
　何度俺を閉め出して扉のまえで寝かせたことか！
俺に愛されることをいやがって、ほかの男を選びやがった。
　俺には許さぬ夜を、ああ、行商人が頂戴している」。
こういった仕打ちをすべて君の五感で酸っぱくさせるのだ。
　これを思い起こし、ここに君の憎しみの種を求めよ。
それにこうしたことに君の口がよく回ればいいのだが！
　ただただ苦しむがよい、そうすれば自然に君は雄弁になるだろう。
最近のことなのだが、私の心はある女に釘付けになっていたが、

　女は私の恋心に応えてはくれなかった。
私は病んだポダレイリオス[1]のように、自分の薬草で治療してみた
(正直に言うと、私は不面目にも病気になった医者だった)。
惚れた女の欠点をたえずくりかえしこぼすことが役に立った。
　しかも、そうしたことで私の健康は回復した。
「おれの女の脚はなんと不格好なんだ!」と私は言ったものだ
(だが、本当を言えば、そうではなかったのだが)。
「おれの女の腕のみにくいこと!」
(でも、本当を言えば、そうではなかったのだが)。「なんとチビ
なんだ!」(そうではなかった)。「なんとたくさん恋人に
せがむのだ!」これが嫌いになった最大の理由だ。
しかも欠点は美点と紙一重。その誤解から
美徳がしばしば悪徳として非難されることがあった。
できることなら、女のよい性質を悪いほうへねじ曲げて
境界線を狭くして君の判断を迷わせるのだ。
ふくよかな女は「デブ」、浅黒ければ「真っ黒」と呼ぶがよい。
ほっそりしていれば「痩せ」が非難の言葉になりうる。

(1) アスクレピオスの子で名医。トロイア遠征に参加した。

質朴でない女は「気取っている」と呼ばれるだろうし、
　正直な女なら「田舎くさい」と呼ばれるだろう。
それどころか、なんであれ、君の女に欠けている資質を発揮するように、
　しょっちゅう甘い言葉を用いて頼んでみるのだ。
声が出ない女なら、歌ってくれとしつこくせがみ、
　手の動かし方も知らぬ女なら、踊るように仕向け、
なまりのきつい女なら、君と長くお喋りさせるのだ。
　楽器を習ったことのない女には、リュラ[1]を弾いてと要求する。
歩き方がぎこちなければ、散歩に連れ出す。胸全体が乳房という
　女には、ブラジャーでその欠点を隠すようなことはさせない。
歯並びが悪い女なら、笑わせるような話を女にし、
　涙腺が弱い女なら、泣かせるような話をしたまえ。
こうするのも効き目があるだろう、女が身繕いせぬうちに、突然、
　早朝、女のもとに駆けつけてみるのだ。
われわれは装飾品で惑わされる。女の全身が宝石や金の飾りで
　おおわれていて、女そのものは最小部分となっている。
こんなに多くの飾りの中で君が愛しているものはどこにあるのか問うて

(1) 竪琴。

みるがよい。このような神楯(2)で豊かなアモルは人の目を欺くのだ。
出し抜けに女のところへ行きたまえ。君の身は安全なまま、無防備な女を
捕らえよ。不幸にも彼女は自らの欠点によって倒れるだろう。
しかしながらこの教えを信用しすぎるのは危険だ。というのも、
手をかけていない美貌が多くの男を欺くこともあるからだ。
彼女が化粧品を混ぜ合わせて顔に塗りたくっているときに、
（恥ずかしいなんて言わずに）女の顔を見に行くがよい。
そこに見えるのは、化粧品の入った小箱と無数の色の顔料、
温かな胸に溶けて流れるオエシュプム(3)。
ピネウス(4)よ、おまえの食卓に匂うのはその化粧品の臭い、
この臭いで私の胃がむかついたのは一度のことではなかった。
さて、ウェヌスの実践の最中で私が何をすすめるかを、君に
お話ししよう。アモルは全面的に追放しなければならぬ。
その多くは私の口から言うのは恥ずかしいことなのだが、君は
頭をはたらかせて私の言葉以上のことを思い浮かべて頂きたい。
というのもつい最近のことだが、ある人が私の詩集にかみついてきて、

（2）アイギス。ユッピテル（ゼウス）の楯、あるいは、メドゥサの首がついたミネルウァ（アテナ）の楯。

（3）未洗浄の羊毛から採取される脂肪性物質の化粧品。アッティカ産が最上とされていた。

（4）黒海のサルミュデッソスの王。ゼウスの怒りを買って死か盲目かを選ばせられ、盲目を選んだ。このことに怒った太陽神ヘリオスは、鳥面人身の女怪ハルピュイアを送って食べ物を汚し、それがため、王は餓死しかかった。

私のムーサが淫らだと烙印を押してきたのだ。
この本で読者を喜ばせている限り、世界中で私の名が歌われている限り、
　こいつもあいつも好きなだけ私の作品を攻撃してもかまわない。
嫉妬は偉大なホメロスの詩才をけなしつける。
　ゾイロスよ(1)、君が誰であれ有名になっているのはホメロスのおかげ。
そして、おんみ(2)の歌を無礼千万な舌は酷評した（おんみを
　導き手としてトロイアは敗れし神々をローマにもたらしたのに）。
嫉妬は最高のものを狙う。風は山の頂上を吹き抜けるし、
　ユッピテルの手より放たれた稲妻も山の高みを狙う。
ところで私の気ままによって傷ついた君、君が誰であれ分別があるなら、
　それぞれのテーマには、それにふさわしい韻律を使うがよい。
雄々しい戦いはマイオニアの詩脚(3)で語られるをよしとする。
　その韻律には恋の物語にふさわしいところがあるだろうか？
悲劇詩人は荘重な響きをもつ。怒りは悲劇役者の高靴(4)がふさわしい。
　日常の場面には喜劇役者の平靴(5)が使用されねばならない。
立ち向かってくる敵には自由なイアンボス(6)の剣を抜かねばならぬ、
　速いイアンボスであれ、最後の脚を引きずるスカゾン(7)の詩形であれ。

(1) アンピポリス出身の犬儒学派の哲学者（前四世紀）。ホメロスを激しく攻撃した。
(2) ウェルギリウスのこと。
(3) ホメロスがマイオニア生まれとされており、その叙事詩の韻律は長短々六歩格。
(4) ギリシア悲劇では役者は高靴をはいた。
(5) かかとの低い、紐のない軽い靴。
(6) 短長格。
(7) 短長格（イアンボス）の行末が「長短（トロカイオス）」になっている跛行詩（スカゾン）。

愛嬌のあるエレゲイア[8]には箙持つアモルたちを歌わせ、
　軽やかに思うがままに友好的に遊ばせるがよい。
アキレウスはカリマコス[9]の韻律で語られるべきではないし、一方、
キュディッペ[10]は、ホメロスよ、おんみの口にはふさわしくない。
タイス[11]がアンドロマケ[12]の役を演じたら我慢できる者がいるだろうか？
　逆にアンドロマケでタイスを演じる者がいたら、誰であれ、間違いだ。
タイスは私の技術のうちにある。私の放縦は思いのままで、
私は髪ひも飾り[13]とは無関係。タイスは私の技術のうちにある。
私のムーサがふざけた材料に応えてくれるなら、私の勝ちで、
　被告たるムーサは偽りの罪で告訴されていることになる。
かみついてくる嫉妬よ、張り裂けてしまえ。私の名声は既に高い。最初の
　足取りで進みさえすればさらに高くなるだろう。だが、嫉妬よ、お前は
急ぎすぎる。私が生きてさえいれば、お前はもっと嘆き悲しむだろう。
　そして私の心の中には多くの詩歌が残っている。というのも、
名声への熱意は私を喜ばせるし、名誉とともに大きくなっているからだ。
　私の馬が喘ぐのは坂のはじめのところだけである。
エレゲイアの詩に私が貢献していることは認められており、

(8) 二行で一つのまとまりをなし、一行目は長短々六歩格、二行目は長短々・長短々・長のへミエペスが繰り返されて五歩格となり、この二行がディスティコンと呼ばれ、これが次々に繰り返されていく。恋愛詩をはじめとしてさまざまなテーマで用いられる韻律である。
(9) アレクサンドレイアの学匠詩人（前三世紀）。
(10) カリマコスのエレゲイア詩で歌われたアコンティオスの恋人。
(11) 典型的な遊女。
(12) トロイアの武将ヘクトルの妻。
(13) 頭髪を結ぶ飾りリボン。既婚婦人の象徴。

同じように気高い叙事詩にはウェルギリウス[1]が貢献している。

ここまで私は人の批判に答えてきた。これからはさらに雄々しく手綱を
引き、詩人よ、君の走路を走るがよい[2]。

したがって、女から共寝の力強い愛の営みを求められ、
約束された夜の時間が近づいたら、
女との快楽を全身でうけとり、
その虜にならぬよう、その前に別の女とやっておいてもらいたい。
誰でもいいから見つけておくのだ、最初の悦楽をおさめる女を。
最初の次の快楽はゆっくりくるだろう。
延ばされた愛の営みはこのうえなくありがたい。寒いときには太陽が、
炎天では日陰が、喉の渇きには水がありがたいように。
恥ずかしいが言ってしまおう。また、愛の営みの体位を選ぶのだ、
結ばれるのに一番不格好だと思う体位を。
これをやるのに苦労はいらない。本当のことを認める女は稀だから、
女が不格好だったと考えるものはなにひとつない。
そのうえもうひとつ言っておこう、窓を全部開け放ち

(1) ウェルギリウスの叙事詩『アエネイス』。
(2) 戦車競走の比喩。

差し込む日の光で不格好な身体をじっくり見るように。
しかし、それは快楽が絶頂に達して終わり
心身ともにぐったりとなった直後、
悔いが残り、女なんかに触れなければよかったのにと思い、
当分はもう女に触れようとは思わないという気のあるうちに限る。
なんであれ女の体の欠点を心に留め、
彼女の欠点からずっと眼をそらさぬようにするのだ。
おそらく誰かがこれは些末なこと（実際そうなのだが）と言うだろうが、
一つ一つは役に立たないものでも、たくさんになると役に立つのだ。
小さな蝮でも一咬みで大きな牡牛を殺すし、
さほど大きくない犬にしばしば猪が捕まる。
君はただ数を頼りにして戦い、私の教えを一つに
まとめるのだ。多くのものをあわせれば大きな堆積になるだろう。
しかし、人の数と同じだけのやり方があり、同じだけの体位があるから、
私の見解にすべて従う必要はない。
やっても君は気を悪くすることがなくても、
ことによると他の人には悪事と見えることもあるだろう。

ある男は、一糸まとわぬ丸裸の女の隠し所を
　目にして、ことの最中に恋心が萎えてしまったし、
また、ある男は愛の営みがすんで女が起き上がり
　汚れた敷布に恥ずべき痕を見てしまって心が萎えた。
こんなことで心が動かされるようでは、君たちの恋はお遊びだ。
　君たちの胸を燃やす松明はなま暖かい。
かの少年神(1)はもっと強く弓を引き絞り、
　君たちは傷ついた一団として、もっと大きな助けを求めるだろう。
ではどうだろう、女が卑猥なことをしている時に、男がこっそりと隠れて
　習慣上見てはいけないものを見るというのは？
めっそうもない、人にそのような助言などするものか！
　役に立つかもしれないが、実行してはならない。

同時に二人恋人をもつよう私はおすすめする
　（それ以上もつことが可能なら、さらに心強い）。
関心が二つに分かれてあちらに行ったりこちらに行ったりすると、
　一方への恋が他方への力を奪うことになる。

（1）クピド。
（2）腐敗を防ぐため。ここでは特に意味はない。
（3）アテナイ王エレクテウスの娘。姦通を見つけられてミノスのところに逃れた。ミノスの妻パシパエの魔法をキルケから得た薬草で無害にしたのちミノスと枕を交わした。
（4）黒海のサルミュデッソスの王。彼は北風神ボレアスの娘クレオパトラを妻としたが、のちにダルダノスの娘イダイアを後妻とした。
（5）アルクマイオン。母殺しの罪により復讐の女神エリニュスたちに追われて諸国をさまよい、プソピス王ペゲウスによって罪

大河も多くの小川に分かれると流れも弱まるし、
　炎も薪が割られると衰え消えてしまう。
蝋塗り[2]の船を一本の錨だけでは十分につなぎとめられないし、
　流れる川に一つの釣り針だけでは十分ではない。
昔から慰めとなる女を二人用意していた者は、
　昔から高き砦の勝者であったのだ。
だが、たった一人の女に惚れ込んでしまうという間違いを犯した君は
　せめて今新しい恋を見つけなければならぬ。
ミノスは妃パシパエに対する愛情の火をプロクリス[3]ゆえになくしたし、
ピネウス[4]の前妻は後妻のイダイアに負けて身を引いた。
アンピロコスの兄[5]がペゲウスの娘に対する永遠の愛を失ったのは、
　臥所をともにしたカリロエのせいだった。
オイノネ[6]はパリスを最後まで自分のものにしていただろう、
　もしオイバロスの孫娘[7]という恋仇に傷つけられなかったら。
オドリュサイの僭主テレウスは妻プロクネの美しさが気に入っていたが、
　閉じ込められた妹ピロメラ[8]の美しさがさらに上だったのだ。
このような例は一杯あってうんざりしているのに、何を私はぐずぐずして

を浄められ、その娘アルシノエを妻とした。しかし、母殺しの穢れはなおもつきまとい、ふたたび流浪の旅に出て、河神の娘カリロエを娶った。

(6) ニンフ。河神ケブレンの娘。トロイアのパリスがいまだ羊飼いとしてイデ山中にあったとき、彼女を愛した。パリスはその後ヘレネを求めて航海に出んとしてオイノネと別れた。別れ際にオイノネは自分のみが彼の傷を治療できるのであるから、負傷した際には自分のところに来るようにと言った。パリスがトロイア戦争で負傷し、彼女に治療を求めたところ、棄てられた恨みから治療を拒んだのでパリスは死に、後悔した彼女も縊死した。

(7) ヘレネ。

(8) プロクネの妹。

いるのか？　愛というものはすべて次の新たなる愛に駆逐されるのだ。
多くの息子の中の一人を失って嘆く母親のほうがもっと強いのだ、
「お前は私のたった一人の息子だった」と泣いて叫ぶ母親よりも。
新しい法則を私が作っていると君が思わぬように言うのだが、
（発見の栄誉が私のものであればいいのだが！）
アトレウスの息子(1)は知っていた。彼が知らなかったものは何一つない、
ギリシア全土が彼の支配下にあったのだから。
彼は自軍に囚われの身となったクリュセイスを勝者として愛した。
だが、彼女の老いたる父は愚かにもいたるところで涙を流した。
いやな老人よ、どうして涙を流すのか？　二人は仲よくやっているのに。
愚か者、おまえは自分のお節介で娘を傷つけているのだ。
アキレウスの後ろ楯で身の安全を保った予言者カルカス(2)は女を返すよう
命じて、女が父親の家に戻されたのち、
アトレウスの子は言った、「美しいことでは、彼女に次ぐ女(3)がいる。
しかも最初の二文字以外は同じ名前だ(4)。
アキレウスに分別があるなら、彼女をすすんで私に譲るべきだ。
さもなければ、彼に私の権力を思い知らせてやるまでだ。

（1）アガメムノン。
（2）ギリシア軍の予言者。ギリシア軍を襲った疫病の原因がクリュセイスを返還しないことにあると告げた。
（3）アポロンの神官の娘であるブリセイス。
（4）ブリセイスとクリュセイス。

アカイア人(5)よ、お前たちの中でこの行為を非難する者がいるとすれば、
　私がしっかりと王笏を握っていることが無意味ではないのだ。
なんとなれば、私は王であり、その私と共寝をする女がいないとすれば、
テルシテス(6)が私の王位についてもよかろうということになる」。こう
言って、この女を先の女の代わりの大いなる慰めとしてわがものとし、
　古い恋は新しい恋によって追い払われ鎮まった。
それゆえアガメムノンに倣って新しい恋の炎を受け入れるのだ、
　君の恋を二手に分けるために。
どこで見つけるのかとお尋ねか？　私の『恋の技術』を読み通したまえ。
　そうすれば、君の船はすぐに女で満載となるであろう。

さて、もし私の教えがいささかでも役に立つなら、もしアポロンが
　私の口を借りて人間に有益なことを教えるとすれば、たとえ君が
不幸にもアエトナ山(7)の火口のただ中で身を焼く思いでいようとも、
　君の女には氷より冷たく見えるようにするのだ。
健全を装い、ひょっとして悩んでいることがあっても、
　それを感じとられぬようにし、泣きたいときも笑うがよい。

(5) ギリシア人のこと。

(6) 禿頭の醜い男。アガメムノンが士気を試すべく、偽ってトロイアより帰国することを軍に計ったところ、ただちにこれに同意し、アガメムノンを罵り、オデュッセウスに杖で打ちのめされた。

(7) エトナ山。シシリー島の火山。

私は君に恋の情熱を途中で断ち切れと命じているのではない、
　私ができる命令はそれほど酷薄なものではない。
君の本当ではない姿を装い、激情がおさまったふりをするがよい。
　そうすればふりをしたとおりになるだろう。
私はもう酒を飲まないようにするために眠っているふりをしたが、
　ふりをしている間に眼は眠気に負けてしまった。
私は思わず笑ってしまった、恋のふりをしていて恋におちた男を、
　自分の仕掛けた罠にはまった鳥刺しを。
馴れによって恋は心に入り込み、また、馴れによって忘れられる。
　健全だというふりのできる人は健全になるだろう。
来てちょうだいと女が言う。約束の夜に君は出かける。
　行ってはみたが扉が閉まっている。我慢するのだ。
扉に向かって甘い言葉をかけてはならないし、罵詈雑言をあびせても
　いけない、堅い敷居に身を横たえてもいけない。
夜が明けてくる。君の発する言葉には不平不満を漏らさず、
　顔に一点の憂いも留めてはいけない。
女は君の熱が冷めたと見るとすぐに尊大な態度を捨てるだろう。

君が得るこの利点も私の技術に由来する。

しかし、君は自分自身をも欺き続け、君の恋に終わりが来たと思ってはならない。馬はしばしば手綱に逆らう。

有益なことは隠しておくのだ。公言しないでおくと、成就するだろう。

　あからさまな網は鳥も避ける。

女をいい気にさせるな、また、君を軽蔑することがないようにしろ。

　君の勇気に女が譲歩するように勇気を出すのだ。

ひょっとして扉が開いた？　しかし、呼び戻されても通り過ぎるのだ。

　一夜を許された？　許された夜に出かけるのは躊躇したまえ。

我慢が簡単なのは、辛抱できなくても
　手軽な女からすぐに楽しみを得られる場合だ。


これで私の教えが厳しいと言う者がいるだろうか？

　なんと私は調停人の役もしているのに。

つまり、人の性質はさまざまであるから、私の療法もさまざまになる。

　病気が千種類あるとすれば、治療法も千種類。

鋭いメスを使っても治らない体もあれば、

薬汁や薬草が助けとなる体も多い。
君が心やさしく女から離れることができず、縛り付けられていて、
　荒々しいアモルが君の首を足下に押しつけているとする。
争うのはやめ、風に君の帆を吹き戻させ、
　波が呼ぶ方向に君の櫂を進ませるがよい。
望みを絶たれた君の身をこがす喉の渇きを満たすべきである。
　私は退くから、君は川の真ん中から水を飲んでもよい。
臓腑が求めている以上に飲むのだ。
　水を飲んで喉元まで一杯にしてあふれかえらせろ。
誰にも邪魔されずに君の女をとことん味わい尽くせ。
　君の夜も昼も彼女に奪わせるのだ。恋の病に
うんざりするよう仕向ける。倦怠もまた終わりをもたらしてくれるから。
　もう彼女なしでもいられると思っても、まだ居残りたまえ。
満腹して、満腹が恋心をなくし、
　彼女の家がいやになって、居残っていても楽しくない時までは。
不信が育む恋もまた長くなるものだ。
　こういう恋を棄てたいなら、不安を棄てたまえ。彼女が

自分のものでなくなるのではないか、誰かが奪っていくのではないかと
　恐れる者は、マカオン(1)の技術を借りても治りはしないだろう。
息子が二人いる母親が、より愛着を持つのは、普通、
　出征してその帰還についてやきもきしている息子のほうである。
コリナ門(2)の近くにウェヌス・エリュキナ(3)という尊い神殿があり、
　高きエリュクスの山がこの神殿に名前を与えたのである。
そこには「忘却（レテ）のアモル」がいて、心を癒やし、
　自分の松明に冷たい水を注いでくださるのだ。
そこでは若者たちが自分の立てた誓いに対して忘却を求めており
　さらに、無情な男にひっかかった女も忘却を求めている。
アモルは私にこう申された（本物のクピドだったのか、
　夢だったのかはよく分からない。まあ、夢だったと思う）、
「おお、心を悩ます恋を、時には与え、時には取り去る者、
　ナーソー(4)よ、そなたの教えに次のこともまた付け加えよ。
人それぞれ自らの不幸に心を傾ければ、恋を棄てられるだろう。
　すべての人々に多かれ少なかれ不幸を与えたのは神であった。

(1) 医神アスクレピオスの子。医者として、戦士として、トロイア戦争に参加。

(2) ポルタ・コリナ（丘の門）。クウィリナリス丘の東北端にある門。

(3) Venus Erycina. エリュクスというシシリー島西端の山と町はウェヌスの神殿（前一八一年建立）で有名であった。

(4) オウィディウスのこと。

プテアル(1)とヤヌス(2)とすぐに来てしまう月初めを恐れる者は、
　自らの借金の総額に苦しむがよい。
厳しい父親をもつ者は、ほかの望みがかなっても、
　目の前にその厳しい父親を思い浮かべるべきだろう。
ここに持参金の少ない女房と暮らしている貧しい男がいるとする。
　この男には女房が自分の運命の邪魔になっていると考えさせるのだ。
君が立派な農場で良質の葡萄をたっぷり産する葡萄畑をもって
　いるとする。熟した葡萄が陽に灼けすぎないかと心配するがよい。
帰国途中の船をもっている者がいるとする。彼には海がいつも荒れて、
　自分の船の難破で海岸が汚くなっていると想像させよ。
こちらの男には兵士となった息子が、お前には年頃の娘が、それぞれ
　頭痛の種。誰にでも悩みの種は千とある。
パリスよ、お前の女ヘレネを憎むことができるようにするためには、
　お前の兄弟(3)の死を眼前に思い浮かべるべきであった」。
少年神はもっと話そうとしていたが、その姿は、静かな
　眠り（それが眠りだったらの話だが）から消えてしまった。
私はどうすべきか？　パリヌルス(4)が海のまっただ中で船を見捨てた

（1）プテアルはローマのコミティウム（民会の行なわれる場所）にあった円形の囲い地で、債権者や債務者の集まるところであった。

（2）プテアルの近くにヤヌスの神殿があった。決算日がヤヌスの月、つまり一月一日であったことから、商人や金貸しがここに集まった。

（3）ヘクトルやデイポボス。

（4）アイネイアスの船の舵取り。ルカニア沖で眠りの神に襲われて海に落ち海上を漂ったのち、南イタリアのウェリア付近に打ち上げられ、住民に殺された。

ようなものであり、私はこれから未知の道を進んで行かざるをえない。

恋をしている君が誰であれ、人気のない場所は危険だ。人気のない
　場所には注意！　ではどこへ逃げるか？　人混みの中なら一層安全だ。
君は引きこもる必要はない（引きこもるとかえって情熱が増すものだ）。
　人混みが君には救いとなる。
一人でいると悲しくなるだろうし、棄てた女の
　顔が、その女さながらに、君の眼前に現われるだろう。
そうなると、夜はポイボス(5)の昼間よりもの悲しい。
　嘆きを軽くしてくれる仲間たちもいないからである。
人と話をすることを避けてはいけないし、扉を閉ざしてもいけないし、
　君の泣き顔を闇に隠してもいけない。
オレステス(6)のことを気にかけているピュラデスのような者を
　常にもちたまえ。こういうことも友情の小さからぬ価値であろう。
ピュリス(7)の心を傷つけたのは、人里離れた森以外何があるだろう？
　自殺の原因ははっきりしている。彼女に仲間がいなかったからだ。
彼女は出かけた、三年に一度催されるエドノイ(8)のバッコスの祭に

（5）太陽神としてのアポロン。
（6）アガメムノンの子オレステスとピュラデスは従兄弟で、二人はピュラデスの父ストロピオスの宮廷でともに育てられ、親友となった。アガメムノンの死の復讐に際してはピュラデスはオレステスを助けた。
（7）トラキアのビサルタイ人の王の娘。トロイアから帰国途中のデモポオンと結婚した。デモポンは戻ってくるとの約束をしてアテナイに帰ったが、約束を破り再び戻ることはなかった。悲しみのあまり、彼女は縊死した。
（8）トラキアの一部族。バッコス崇拝で有名。ラテン語ではエドニ。

夷狄の群衆[1]が髪振り乱していつも出かけるときのように。
そして今、できる限り遠くの海原へ目をやるかと思えば、
　今度は疲れて海岸の砂地に身を横たえるのであった。
「不実なデモポオン！」、耳を貸さぬ波に向かって叫び、
　語る言葉もすすり泣きで途切れた。
長く伸びた木陰で薄暗い狭い小道があった。
　そこを通って彼女は海へと何度も足を運んだ。
哀れ、彼女は九度も道を踏んだ。「あの人に見せてやる」と彼女は言って
　顔を青ざめ自分の帯を見つめ、
また木の枝に目をやる。彼女はためらい、大それた所業にひるみ、
　おののき、そして指を首にもっていく。シトニオイ[2]の娘
ピュリスよ、せめてそのとき独りでなければよかったのに。
　森も葉を落としてピュリスのために泣くこともなかったろうに。
このピュリスを例として、こっそりと独りでいることを恐れよ、
　女に傷つけられた男と、男に傷つけられた女よ。
ある若者はわがムーサが命じたことをすべてなしとげ、

（1）バッコスの信女。

（2）トラキアの一部族。ラテン語ではシトニイ。

ほぼ身の安全を確保できる港に入りかけていた。それが
沖へ戻されてしまったのだ、情欲に駆られた恋人たちの中に入ったら。
アモルは片付けていた弓を再び手にした。
恋をしていて、恋をしたくなくなったら、接触を避けることだ。
家畜でもこの接触による感染がしばしば害を及ぼすものである。
眼は傷つけられた人々を見ていると、眼自身が傷つけられるし、
伝染によって体に害が及ぶ実例は数多い。
土が乾いて干上がった土地に、時々、
近くを流れる川から水が浸みてゆくことがあるが、
もしも君が恋する者から身を引かないと恋は密かに染みこんでくる。
われわれはみなこういうことにかけては狡猾な族なのだ。
別の男も同様にもう治っていたのだが、接近が怪我のもととなった。
別れた女と出会って我慢できなくなったのだ。
治りきっていない傷痕が古傷に逆戻りし、
私の療法も成功しなかったわけである。
隣の家の火事は防ぎきれない。
近所を避けるのが賢明だ。

女がよくそぞろ歩きをしている柱廊には、君は
　決して足を運ばず、また、同じつきあいを求めたりもしないように。
冷めた気持ちを思い出で熱くしてなんの得になるというのか。
　できれば別世界に君は住むべきだ。
空腹時に料理を出されて手を出さないというのはむつかしいし、
　ほとばしる水は喉の渇きをますますかき立てる。
牝牛を目にした牡牛をしっかりつかまえておくのはむつかしい。
　たくましい牡馬は牝馬を見るといななくことをやめない。
ようやく上陸するためにこういうことをやりとげても、
　女を見捨てただけでは十分ではない。
女の姉妹、母親、相談役の乳母にも別れを告げるのだ、
　それに女に関わるすべての人間にも。
奴隷にも来させてはならず、また、小間使いが空涙を流して
　女主人の名前でひざまずいて挨拶などをさせてもいけない。
女の様子を、たとえ知りたいと思っても、尋ねてはいけない。
　我慢するのだ。沈黙を守れば君の得になるだろう。
終わった恋の原因を語り、

女について山ほど愚痴をこぼしたい君もまた、
愚痴はやめたまえ。黙っていることで復讐の効果は高まり、
　彼女が君の恋しい気持ちから消えてゆくことになる。
「もう恋はやめた」と口に出して言うよりは、黙っていてもらいたい。
「愛してなんかいない」と多くの人間に言う者はまだ愛しているのだ。
しかし、恋の炎は前触れもなく消すよりは、徐々に消すほうが
　確実だ。ゆっくりと離れてゆけば安全である。
急流は途切れることのない川よりは激しく流れるのが常であるが、
　前者はつかの間の流れで、後者は絶えることのない流れである。
恋は気づかれないようになり、稀薄な大気に消えてゆき、
　弱々しい歩みで絶え果てさせるがよい。

しかし、かつて愛した女を憎むのは罪であり、
　そのような結末は無慈悲な心の持ち主にこそふさわしい。
気にかけなくなるだけで十分。憎しみで恋に終止符を打つ者は、
　まだ愛しているか、なかなか惨めな思いを断ち切れないか、である。
男と女が最近までつながっていたのに、たちまち敵になるのは醜い。

アッピアス(1)もそんなけんかはよしとしない。
しばしば男は女を被告席に立たせるが、まだ愛しているのである。
けんかが起こらなければ、アモルは忘れられて抜け出していく。
たまたま法廷で若者の立会人になり、奥方は輿に乗っていた。
　彼の話す言葉はことごとく激しい威嚇でとげとげしいものであった。
妻を召喚しようとして、(2)彼は「輿から降ろせ」と言った。
　妻は降りた。彼は妻を一目見るなり押し黙ってしまった。
両手が下がり、その手から二つ折りの書板(3)が滑り落ちた。
　男は妻を抱きしめ、「お前の勝ちだ」と言った。
より安全で適切なのは、平和なうちに別れ、
　婚姻の臥所から係争の法廷へ向かうようなことはしないことである。
君が与えた贈り物は争わずに持っておけと言うがよい。
　その損失は別れることによる大きな利益に比べれば小さいのが普通。

だがもし何かの偶然で君が女と出くわしたら、
　記憶を総動員して私が与えた武器を手に取るのだ。
今こそ武器が必要なのだ。おお、いと勇敢なる者よ、ここで戦うのだ。

(1) ウェヌスのこと。「アッピア水道」と呼ばれる噴水の近くにウェヌス神殿があったから。
(2) 別れた女のもとにある財産を取り戻そうという喚問か。
(3) 訴訟関係の書類。

君の剣でペンテシレイア(4)を打ち倒さねばならぬ。
今こそ恋敵を、今こそ恋する者に無情であった戸口を、
　今こそ仲介する神々への実りなき祈りの言葉を思い浮かべるのだ。
女に会いに行くからといって、髪を整えたり、
　トガの懐のところをゆったりさせて目立たせる(5)には及ばない。
他人となった女に気に入られようとする心遣いなど全く不要。
　彼女を大勢の女の一人にすぎぬとするのだ。

さて、われわれの努力にとりわけ立ちはだかるものは何かを
　これから話すことにするが、人はそれぞれ自分の例で学ぶことだろう。
恋を思い切るのが遅いのは、愛されていると期待しているからなのだ。
　各人うぬぼれている限り、われわれは信じやすい一族である。
だが、言葉（これ以上に人を欺くものがあろうか）とか、
　永遠の神々に重きがあるなどということを信じるな。
女の涙に心動かされないようにしたまえ。
　女は自分の眼に泣くことを教え込んでいるのだ。
恋する者の心は数え切れないぐらい多くの術策で攻撃される、

（4）アマゾンの女王。アキレウスと戦って殺された。

（5）トガの着方で、腰のところをきつく締めて、懐のところをゆったりとするのが、いい格好とされていたようである。

ちょうど海の波に四方八方から打たれる岩のように。
別れたい理由をうちあけたりしてはならないし、何が不満なのかも
　言ってはいけない。こっそりといつまでも不満を持ち続けよ。
女の欠点も、言うと直すから言わないように。女を弁護することになり、
　女の言い分の方が君の言い分よりも分がいいようになってしまうから。
黙っている者は強い。女にあれこれと数多く文句を言う者は
　自分を満足させてくれと要求しているのに他ならない。

私はドゥリキオン島(1)のオデュッセウスの流儀(2)でアモルの矢を
　盗んだり、松明を奪って川に浸したりはしようとは思わない。
さらに私は少年神の緋色の翼を切り取ったりもしないし、
　自分の技術で聖なる弓の弦をゆるめたりもしないだろう。
私が歌うものは何であれ忠告になっている。歌う者に従うがよい。健康を
　もたらすポイボスさま(3)、いつものように、わが企てにご助力下さい。
ポイボスさまが降臨された。竪琴が鳴り響き、箙が鳴り響いた。
　その印で私は神を知る。ポイボスさまが降臨された。
比較してみるがよい、アミュクライの染料(4)で染めた羊毛をテュロスの

(1)イタケ南東の島。オデュッセウスの王国の一部であったこともある。
(2)ピロクテテスを騙して、トロイア落城にはギリシア軍には欠かせないヘラクレスの弓をピロクテテスから手に入れた。
(3)アポロン。
(4)イワニシで作った染料。
(5)いわゆるパリスの審判。

アクキガイで染めた羊毛とを。前者のほうが見劣りするだろう。
君も自分の女を美女と比べてみるがよい。
　誰だって自分の女が恥ずかしくなるだろう。
ヘラとアテナという女神は二人ともパリスの眼には[5]美女であった、
　しかし、比較されればウェヌス[6]は二人を打ち負かしたのだ。
容貌だけではなく性格もたしなみも比較したまえ。
ただ君の恋心が判断を邪魔するようなことがあってはならない。
これから歌うことは些細なことであるが、しかし、その些細なことが
　多くの人々の役に立ってきた。この私自身もその一人だった。
人の心をそそる女の手紙をとっておいて読み返すようなことはするな。
　手紙を読み返したりすれば、固めた決心もぐらついてしまう。
たとえ気が進まずとも、一通残らず、燃えさかる火の中に投じるがよい、
　そして言うのだ、「これがわが情熱の火葬の薪の山となれ」と。
テスティオスの娘[7]は燃え木を火に投じて不在の息子を殺した。
　君は不実な言葉を書き連ねた手紙を火に投じるのを恐れているのか？
できれば蠟でできた彼女の肖像も片付けろ。どうしてもの言わぬ像に
　悩むのか？　ラオダメイア[8]もこんな風にして肖像のせいで死んだ。

（6）ギリシア神話ではアプロディテ。

（7）アルタイア（アイトリアの王テスティオスの娘）。息子メレアグロスが生まれて七日目に、運命女神が現われて、炉の火の上に燃えている燃え木が燃え切れば彼は死ぬだろうと予言する。アルタイアはその木を急いで拾い上げて箱にしまった。ところが、メレアグロスが伯父たちを殺したことから、母親アルタイアは怒ってその木を火に投じたため、彼は突然世を去った。

（8）ラオダメイアの夫はプロテシラオスで、彼はギリシア軍の中でトロイアに最初に上陸し、最初に討ち死にした。新婚早々の妻ラオダメイアは夫の像を作らせて毎晩抱いて寝たが、夫の父にその像を焼かれたため、自分も火中に身を投じた。

さらに、もの言わぬ場所も害を及ぼす。避けるのがよいのは
　君たちの共寝を知っている場所である。それは悩みを生む元なのだ。
「ここだった。ここで寝たのだ。あの寝室で眠ったのだ。
　ここで彼女はあの歓楽の夜、私に悦びを与えてくれた」。
思い出によって恋心はまたかき立てられ、傷口が新たに
　口を開ける。ごく小さな過ちも心弱き者を傷つける。
消えかかっていた灰でも硫黄に触れると
　火は盛り返し、小さな火でも大火になるように、そのように
もし恋を復活させるものを何であれ避けなければ、
　さっきまで何でもなかった炎がふたたび燃えあがるようになるだろう。
トロイアから帰還途中のギリシア艦隊はカパレウス岬を、
　汝、悲しみを烽火で復讐した老人(1)を、避けたかっただろう。
慎重な船乗りは、ニソスの娘(2)を通過すると喜ぶ。
　かつてあまりにも楽しかった場所には気をつけろ。
こちらはシュルテス(3)と考え、こちらのアクロケラウニア岬(4)は避けよ。
　ここでは恐ろしいカリュブディス(5)が飲み込んだ水を吐き出している。

(1)エウボイア島のカパレウス岬で、ナウプリオスは、偽りの烽火を上げトロイアから帰還途中のギリシア艦隊をおびき寄せ難破させた。息子パラメデスの死に対する復讐のためであった。
(2)スキュラ。ホメロス『オデュッセイア』に登場する海の怪物。彼女は三重の歯を有する六つの頭と、十二の足をもち、船が近づくと、一時に六人の船乗りをとって食った。
(3)カルタゴからキュレネにかけての地中海沿岸にある二つの流砂岸地帯。航海の難所。
(4)イオニア海に突き出た巌の多いエペイロスの岬。
(5)海の渦巻きの擬人化された怪物の女。

誰かが強制しても命令できないことがある一方で、
しかし、偶然に起こったことが結果として役立つこともある。
パイドラが財産を失えば、ネプトゥヌス[6]よ、おんみは孫[7]を死なせずに
すみ、祖父の雄牛が孫の戦車の馬を怯えさせもしないだろう。
クレタ島の女[8]を貧乏にしていたら、彼女は賢明な恋をしていただろう。
勝手気ままな恋は富によって育つものだから。
ヘカレ[9]を誘惑した男はいないし、イロス[10]を誘惑した女もいない、
なぜか？　疑いもなく前者は貧乏だったし、後者は乞食だったからだ。
貧乏は恋心を育てる糧をもっていない。
もっとも、だからといって、貧乏になりたいと願うほどの価値はない。

しかし、大事なのは劇場には没頭したりしないことだ、
恋心が胸から完全に去って、からっぽになるまでは。
気力を失わせるのが、キタラ[11]と笛とリュラ[12]、
それに歌声とリズムにあわせて動かされる踊りの手の所作。
劇場ではたえず恋する者たちが踊りで表現され、
役者は何を用心すべきか、何を喜ぶべきかを演技で教えている。

(6)ギリシア神話のポセイドン。その子がテセウス。もしパイドラに財産がなかったなら、テセウスはパイドラと結婚しなかっただろう。そうすると、パイドラの義理の息子ヒッポリュトスに対する不倫の恋もなかったことになる。

(7)ヒッポリュトス。

(8)アリアドネ。クレタ王ミノスとパシパエの娘。ミノタウロス退治に来たテセウスを助け、一緒になるが、ナクソス島で棄てられた。

(9)テセウスがマラトンの牡牛を退治に行く途中、小屋で彼を歓待した老婆。

(10)オデュッセウスが故国に帰ってきたときに館で彼が中に入るのを妨害した乞食。

(11)竪琴。バチを使う。

(12)竪琴。バチを使わない。

気が進まないのだが言ってしまおう。軟派の詩人には近づかないこと、
(私は自分で自分の才能を引っ込めてしまっている)。
カリマコス[1]は避けるがよい。彼は恋の敵ではない。
カリマコスとともにコス島の詩人[2]よ、おんみも害を及ぼす。
サッポー[3]は確かに私を女友達にやさしくなるようにしてくれたし、
テオスの詩人[4]のムーサは厳格な気風を私に授けはしなかった。
ティブルス[5]の詩を読んで恋に無傷でいられた者がいるだろうか、また、
その作品がキュンティアのことだけというおんみ[6]の詩もまた然り。
ガルス[7]の詩を読んで薄情な心で立ち去る者がいるだろうか?
私の詩もまたどちらかといえばそういう響きをもっている。

さて、もし詩業の導き手であるアポロンが詩人を欺いていないとしたら、
われらが恋の病の最大の原因は恋仇である。
だが君は恋仇がいるなどと想像せず、
彼女が寝台でひとりで寝ていると信じたまえ。
オレステスがヘルミオネ[8]に一層激しく熱を上げたのは、
彼女が別の男のものになりかかったからである。

(1)前三―二世紀のアレクサンドリアの学匠詩人。特にエピグランマタの詩人として有名。カトゥルスの「ベレニケの髪」という詩(第六十六歌)はカリマコスの翻訳である。
(2)ピレタス。前三―二世紀のエレゲイア詩人。プトレマイオス二世とテオクリトスの師。その恋愛詩はオウィディウスによって模倣され、プロペルティウスによって称賛された。断片が現存。
(3)前七世紀、レスボス島の女流抒情詩人。アルカイオスの同時代人。
(4)アナクレオン。前六―五世紀の抒情詩人、テオスに生まれたがのちにアテナイに移った。短い断片のみ現存。
(5)ローマのエレゲイア詩人(前五四頃―前一九年)。「デリ

メネラオスよ、何故嘆くのか？　お前は妻を連れずにクレタ島へ行き、
　妻なしでのんびりしていられたではないか。
パリスがヘレネを奪ったとき、はじめて妻なしでは
　いられなくなり、他の男の恋心によってお前の恋心は大きくなった。
アキレウスがブリセイスを連れ去られて嘆いたのは、
　彼女がプレイステネスの子(9)の臥所に悦びを与えたからだ。いいかね、
アキレウスの嘆きには理由がないわけではなかった。アトレウスの子(10)は
　もししなければ恥ずべき臆病者となることをやったまでだ。
私はアガメムノンより頭がいいわけではないが、私だって間違いなく
　そうやっていただろう。それが嫉妬から得た最大の収穫だった。
アガメムノンはブリセイスには触れなかったと王笏にかけて
　誓っているが、その王笏を神とみなしているわけではない。
神々のご加護を得て、君が棄てた女の家の前を通りすぎることができ、
　君の足がその目的に耐えることができますように。
そう、君ならできるだろう、ただ、意志をしっかりともつこと。今こそ
　勇敢に進み、駿馬に拍車をかけることが必要だ。
こちらの洞穴にはロトパゴイ(11)が、あちらの洞穴にはセイレン(12)たちが

アとネメシス」と呼ばれる恋愛詩で知られる。

（6）プロペルティウス。ローマのエレゲイア詩人（前五〇頃—前一六年頃）。全四巻（あるいは五巻）のエレゲイア詩を残した。

（7）エレゲイア詩を確立した詩人で軍人（前六九—前二六年）。

（8）メネラオスとヘレネとの娘。アキレウスの子ネオプトレモスと結婚する前、オレステスと婚約していたが、トロイア攻略のためネオプトレモスの援助が必要となり、父メネラオスは婚約を破棄してネオプトレモスに与えた。

（9）アガメムノン。悲劇の伝承による。普通アガメムノンはアトレウスの子。

（10）アガメムノン。

（11）ホメロス『オデュッセイ

いると考えよ。君の櫂に帆を加えるがよい。
かつて恋仇であったために君の苦しみの元となった男をもまた、
敵として扱うことをやめてもらいたい。
いや、憎しみが残っていても必ず挨拶するがよい。
挨拶の接吻を与えることができれば、君は治っていることになる。
さて、医者としての務めを残らず果たすべく、
どういう食物を避け、どういう食物を摂るべきかをお教えしよう。
タマネギはダウニア産(1)であれ、リビュアの海岸から送られたもの
であれ、メガラ産(2)であれ、すべて有害である。
それに劣らず避けるのが適当なのは、性欲を起こさせるルッコラ(3)と
何であれ、われわれの体を情欲に向かわせるものである。
摂って効力があるのは視力を鋭くするヘンルダ(4)と
何であれ、われわれの体を情欲に向かわせないものである。
バッコスの贈り物(5)について私の指示はどうかとお尋ねか?
思った以上にすぐに君は私の忠告を必要とはしなくなるだろう。
酒は性欲を昂進させる。ただし、しこたま飲んで
深酒に潰れて麻痺してしまえば別だが。

ア』に登場するロトス（想像上の植物：エノキ、ナツメ、チョウジノキなどの説がある）の実には記憶を喪失させる力があり、オデュッセウスがここに来たとき、彼の部下たちはこの植物を食べて、故郷を忘れ、この地に留まろうとし、オデュッセウスは彼らをむりやりに船に乗せて出帆しなければならなかった。

（12）上半身は女で下半身は鳥の、海の怪物。美しい歌声で船乗りを誘惑して殺した。

（1）アプリア（イタリア南東部の地域）。

（2）シシリー島の町。

（3）和名キバナスズシロ。アブラナ科キバナスズシロ属。

（4）ミカン科ヘンルダ属。「眼鏡のハーブ」と呼ばれることも

火も風によって煽られ、風によって消される。
　微風は炎を煽り、強風は炎を消す。
全くの素面でいるか、うんと酔っ払うか、恋の気苦労を
　取り去るには、そのどちらか。その中間は有害だ。

これで私の仕事は終わり。疲れた船に花輪を捧げてくれたまえ。
　われわれは航海の目的地だった港に到着した。
このあと、聖なる詩人に敬虔なる誓いを立ててくれたまえ、
　男であれ、女であれ、私の詩歌によって恋の病が治った人は。

あり、古代ローマでは画家はこれを大量に食べたと言われている。

（5）葡萄酒。

女の化粧法

学ぶがよい、女たちよ、いかなる手入れが容貌を美しくして、
　いかにすれば君たちの美貌を保つことができるかを。
手入れが、不毛の土地にケレス[1]の贈り物を産むよう
　命じたし、また、棘のあるイバラをなくすよう命じたのだ。
手入れが、果実の酸っぱい汁を甘くし、
　樹を裂いて接ぎ木をすると、樹は接ぎ木の富を得る。
手を入れられたものは喜びを与える。高い屋根は金で拭かれているが、
　大理石の建物の下には黒い土が隠されている。
同じ羊毛が何度もテュロスの染料[2]の入った青銅の釜で染められる。
　インドはお気に入りの彫像に使うために切られた象牙を提供する。
その昔、タティウス王[3]の下、サビニ族[4]の女たちは、自分の手入れをする
　よりは父祖伝来の畑の手入れをするほうを好んだのだろう。
当時、奥方は陽に焼けて高い腰掛けに座って
　休みもせずに親指でつらい紡ぐ仕事を行ない、

(1) 穀物・豊穣の女神。
(2) フェニキアの商都・海港であるテュロスは貝から採った紫がかった深紅色染料で有名だった。
(3) ティトゥス・タティウス。サビニ族の王で、一時ロムルスとローマを共同統治したといわれる。
(4) ローマの北東にいた部族。

娘が餌をやっていた仔羊を自ら囲いに入れ、
　炉には小枝や薪を自らくべていた。
だが君たちの母親は軟弱な娘を産んだ。
　君たちは金の刺繍のある服で体を包みたがるし、
君たちは髪の毛に香水を振りかけ、髪形に変化をつけたがるし、
　手につけた宝石で人目を引きたがる。
首にはオリエントから求めた宝石を身につけ、
　片耳には重いのに大きい宝石を二つもぶら下げている。しかし、それは
間違いとは言えぬ、君たちに人を喜ばせたいという気配りがあるならば。
　というのも、ちかごろでは男も身だしなみに凝っているからである。
君たちの亭主も女のやり方で飾り立てており、
　女房のほうが亭主の身だしなみに付け加えるべきものはほとんどない。
誰のためにそれぞれが用意し、どういう愛の対象を尊ぶのか、
　それが重要である。こぎれいにすることそれ自体は悪いことではない。
女は田舎に隠れていても髪形を整えている。険しいアトス山(5)が隠して
　いても、高いアトス山は彼女がこぎれいにしているのを見るだろう。
誰であれ自己満足というものにも喜びがある。

(5)ギリシア、マケドニアの高山。

若い娘は自分の美しさが気にかかり喜びとなっている。
ユノの鳥[1]は人間に褒められて羽を
　広げ、黙って、自分の美しさを誇る。
こうして恋心が燃え上がるのであって、強い薬草（女魔術師の手により
　恐ろしい技を駆使して集められた）によるものではない。
薬草とか混ぜた汁とかの媚薬に頼ってはいけないし、
　さかりのついた雌馬の有害な分泌物を試したりもしてはいけない。
マルシ族[2]の呪文によって、蛇が真二つに裂かれることはないし、
　川の流れがその源へ逆流することもない。
たとえ誰かがテメセ[3]の青銅の楽器を鳴らすのをやめても[4]、
　月の女神（ルナ）が馬車から振り落とされたりはしないだろう。

女たちよ、まず君たちの振る舞いに気をつかうように。
　性格が好意を得られると顔の魅力も増すものだ。
性格に基づく愛は長続きする。年齢は美貌を損ない、
　魅力的であった顔もやがてしわに刻まれることになるだろう。
鏡を見るのもうんざりだという時が来るだろうし、

（1）孔雀。
（2）ラティウムの一部族であるマルシ族は魔女で有名であった。『恋の技術』第二巻一〇二行参照。
（3）イタリア半島の南端地方ブルッティイの町。銅山で有名。
（4）月蝕が起こったり、元に戻ったりするのが、人間の呪文や青銅楽器の音によるという迷信があったようである。

そして、その悩みがまた新たなるしわの原因となるだろう。
人の善さが十分あれば、永遠に持続し、
　愛はその歳月を通じてしっかりとそれを頼りにする。

学びたまえ、眠りが君たちのしなやかな手足を伸ばすとき、
　どうすれば、君たちの顔が白くつやつやになれるかを。
リビュアの農夫が船で送ってきた大麦を
　脱穀するがよい。
同量の空豆を一〇個の卵で湿らせよ。
（ただし、籾殻をとった大麦が二リブラ(5)の重さとなるようにする）
これに風を吹き付けて乾燥させたのち、
のろい雌ロバに引かせて、ざらざらした石臼ですりつぶさせる。
さらに、活発な牡鹿から落ちる最初の角をすりつぶす。
その六分の一アス(6)を先の石臼ですりつぶしたのに混ぜる。
次に、細かくなった穀物の粉と混ぜ合わせ、
　すぐにすべてを細かな目のふるいにかける。
これに皮をむいたスイセンの球根(7)十二個を加え、

（5）約六五四グラム（一リブラは約三二七グラム）。
（6）約五五グラム（一アス＝一リブラ）。
（7）プリニウス『博物誌』第二十一巻七五参照。

それを清潔な大理石の上で力をこめた手で砕く。
エトルリアの小麦粉とゴムで六分の一アス[1]の重さとし、
　これに九倍のハチミツを合わせる。
誰であれ、この化粧品を顔につけると、
自分の鏡よりもつるつるになり、光り輝くことになるだろう。
ためらわずに青白いハウチワマメを煎り、
同時にふくれた空豆も煎る。
それぞれ等しく六リブラ[2]とし、
　それぞれ黒の挽き臼で粉々にする。
それに加えるのを怠ってはいけないのが白鉛と赤い硝石の泡と
　イリュリア産のアイリス[3]。
これらを等しく若者の強い腕でこねる（そうはいっても、
粉にすれば十二分の一リブラ[4]の重さにしかならない）。
うるさい鳥の巣から取れた化粧品は
　顔からシミを消してくれ、カワセミ・クリーム[5]と呼ばれている。
そのどれぐらいの分量で十分なのかお尋ねとあらば、
　十二分の一リブラの半分の重さ[6]でよいと答えておく。

六五 （1）約五五グラム。

七〇 （2）約一九六二グラム。

七五 （3）プリニウス『博物誌』第二十一巻一九参照。シミをとり、肌を柔らかくするのに効果ありと言われている。

（4）約二七グラム。

（5）実際は海藻からできた化粧品であるが、カワセミの巣を材料としていると信じられていた。

八〇 （6）約一四グラム。

それがまとまって適切に体に塗ることができるようにするためには、
　アッティカの黄色の巣からとった蜂蜜を付け加えるがよい。
香は神々と神々の怒りをなだめることができるとしても、
　火の入った祭壇にすべてを捧げるようなことはしてはいけない。
体をなめらかにする石鹸と香を混ぜた場合、
　重さをそれぞれ同じにして三分の一リブラ(7)となるようにする。
樹皮からとったゴムを四分の一リブラ(8)よりも少しと
　ねっとりした没薬を少し付け加える。
これらをすりつぶしたら細かな目のふるいにかけよ。
　粉末には蜂蜜を注いで固める必要がある。
有効だと分かったのは、いい香りのする没薬にウイキョウを加えること
　（ウイキョウ五スクリプルム(9)、没薬九スクリプルム(10)）、
片手でつかめるだけの乾燥したバラと
　ハンモニウム(11)の塩を入れた力強い香も。
それに大麦の汁を注ぐがよい。
　塩と香の重さがバラの重さと等しくなるように。
君の柔らかな顔に塗ったのが短時間だとしても、

(7) 約一〇九グラム。
(8) 約八二グラム。
(9) 約五グラム（一スクリプルム＝二四分の一ウンキア＝二八八分の一リブラ）。
(10) 約九グラム。
(11) 羊の頭をもつエジプトの神ハンモンをまつったリビュア砂漠の中のオアシス。「ハンモニウムの塩」とは岩塩のこと。

顔全体に色は残るだろう。
私は見たことがある、女が冷たい水で濡らしたケシを
すりつぶし、それを柔らかな頬に塗っているのを。

一〇〇

解説

オウィディウスは恋愛抒情詩から、叙事詩、教訓詩、書簡詩、さらには悲劇に至るまで極めて多様なジャンルの作品を著わしたという点でギリシア・ローマの古典文学の中でも特異な存在であることは間違いがないし、後世への影響という点でも、文学というジャンルを超えて絵画に至るまで、彼ほど影響を与え続けた詩人はほかにはなかなか見当たらないだろう。本書に収められている『恋の技術』と『恋の病の治療』にはすでに複数の邦訳があり、日本でも、彼の『変身物語』には及ばないにしても、いくらかは知られた作品であろう。なお『女の化粧法』は本邦初訳である。

オウィディウスの生涯と作品を簡単にとらえておき、それから、本書に収める作品について述べることにする。

詩人の生涯と作品

オウィディウス（正式にはプブリウス・オウィディウス・ナーソー）は自らの伝記的な事柄を『悲しみの歌』（第四巻第十歌）の中で歌っている。

スルモが私の故郷、氷のように冷たい水豊かなところで、
都から九〇マイル離れている。
そこで私は生まれた、（日付を知りたければ）
両執政官が同じ運命で倒れたあの年だ。
（三―六行）

詩人は前四三年三月二十日にアペニン山脈の谷間の町スルモ（現在のスルモーナ）に生まれた。共和政の末期、政治的に混乱した時代に生まれたわけである。前年の前四四年三月十五日には、カエサルがブルトゥスたちに暗殺され、オウィディウスが生まれた年には、両執政官がアントニウスと戦って殺されている。古い裕福な騎士階級に属するオウィディウスは、一四歳か一五歳の頃に、一歳年上の兄ルキウスとともにローマに出て修辞学と弁論術を学ぶ。これは地方のこの階級の若者が世に出るための、いわば常道であった。オウィディウスが習った師が、アレリウス・フスクスとポルキウス・ラトロであったことは大セネカが報告してくれている。

ところが、兄のほうは二十歳で世を去ってしまう。一方、弟のオウィディウスはローマで勉強ののち、ギリシアのアテナイに遊学し、小アジア、シシリー島に旅をして、ローマに戻り、最初は官職につく。法律・裁判関係の職であったが、詩人の気質に合わず、父親の意向に背いて職を辞し、以後、文学の道に進むことになる。前二八年、詩人が二五歳の頃だと推定されている。この間の事情をオウィディウスは次のように語っている（『悲しみの歌』第四巻第十歌）。

父は何度も言ったものだ、「どうして無用なものに手を染めるのか？

ホメロスだって財産を残しはしなかったというのに」。
私は父のことばに動かされ、ヘリコン山をすっかり棄てて
韻律のないことばを書こうとした。
だが、詩が自然と然るべき韻律に合ってしまい、
言おうとしたものが韻文になってしまうのだった。

（二一―二六行）

オウィディウスは貴族メッサラの主宰する文学サークルに属することになる。ここにはプロペルティウスやティブルスという抒情詩人が参加していた。一方、当時アウグストゥスの下にいるマエケナスが文学サークルを主宰しており、ここにはオウィディウスの先輩詩人であるウェルギリウスやホラティウスが属していた。

独身者の多いローマの詩人の中では珍しく、オウィディウスは生涯で三度結婚をする。文学の道に進むことになったときにはすでに最初の結婚をおこなっていたであろう。この結婚は破局を迎え、次に結婚した妻との間に娘を一人もうけることになる。しかし、二度目の結婚も長くは続かず、離婚ののち、三人目の妻を迎える。三度目の妻は、有力者パウルス・ファビウス・マクシムスと縁続きの人であり、この女性との結婚生活は極めて円満であったようである。

最初の結婚の頃から『愛の歌』の原稿を書き始め、五巻にまとめられたものは前一六年に刊行された。詩人はこれに手を加えて三巻本にして出版する。この再版は前三年のことであった。『愛の歌』はさまざまなテーマの詩からなるが、中心は恋愛エレゲイア詩であり、恋人コリンナとのことを歌ったものが多い。

一方、この期間に『名婦の書簡』も書かれる。ジャンルとしての書簡体文学に新風を送り込んだ特異な作品で、第一書簡から第十四書簡までは神話に登場する女から不在の夫あるいは恋人への手紙であり、第十五書簡は実在の詩人サッポーからパオンに宛てた手紙、第十六書簡から第二十一書簡までは往復書簡の体裁をとっている。

続いては、『女の化粧法』（一〇〇行の断片のみ）、『恋の技術』、『恋の病の治療』という教訓詩（あるいはそのパロディー）が公刊される。悲劇『メデイア』もこの時期に書かれたと考えられているが、この作品は残念ながら現存していない。

以上の六作品はオウィディウスの第一期の作品群であり、「恋愛研究」の時期で後一年まで続く。第二期には作風に変化が起こり、「神話研究」あるいは「物語詩」の時期であり、後一年から八年の間に『変身物語』と『祭暦』が公になる。

『変身物語』全一五巻は、ウェルギリウスの建国叙事詩『アエネイス』とは異なり、天地開闢以来の「お話」の集大成であり、ギリシア・ローマ神話やオリエント神話、歴史伝説から人間が動物や植物、星に変身する話を集めて、「変身」というモチーフで一貫性をもたせながら、世界の創造からカエサルの神化を経てアウグストゥス神化の予言に至るまで、時代順にしかも切れ目なくつなぎあわせたものである。二五〇ほどの神話・伝説が集大成され、全体で約一万二〇〇〇行ある。ウェルギリウスとの関連で興味深いのは、ウェルギリウスがその死の直前の病床から自らの『アエネイス』に満足できず、それを火に投じるよう希望していたと言われているが、オウィディウスもまた『変身物語』の草稿を自らの手で火中に投じたと明言していることである。

一方、『祭暦』という作品は教訓詩の流れを汲む作品である。この作品が完成を見ずに至ったのは、作品が半分できたところで詩人が皇帝に追放を命じられたからである。構想では全一二巻となるはずが、最初の六巻のみ死後出版された。ローマの祭日と祭礼をそれぞれに関連のある神話伝説とともに一月一日から時間的な順序を追ってローマの暦を叙述する縁起物語的な詩である。

後八年はオウィディウスに人生の一大転機をもたらした年であった。友人マルクス・アウレリウス・コッタ・マクシムスとともにエルバ島にいた当代の花形詩人オウィディウスは、突然ローマに戻るように言い渡される。ローマで彼を待ち受けていたのは裁判で、詩人は黒海の畔のトミス(現ルーマニアのコンスタンツァ)への流刑を命じられる。この処分は「追放(エクシリウム)」ではなくて「左遷(レレーガーティオー)」というもので、財産没収は免れたようである。いずれにしろ、これでオウィディウスが執筆に励んでいた『祭暦』は六巻で終わり、完成には至らなかった。

この背景にはアウグストゥスの綱紀粛正政策との関連がある。

前一八年には「ユリウス姦通罪・婚外交渉罪法」と「ユリウス正式婚姻法」という法律を作り、さまざまな風紀の乱れをアウグストゥスは糺そうとしていた。しかし、にもかかわらず、アウグストゥスの身内から次々と法律に違反する者が出てくる。いくら身内とて看過するわけにはいかない。そこで、まず、前二年には娘のユリアを不倫のゆえにパンダタリア島へ終身流罪とし、さらに、凶暴な振る舞いで誰の手にも負えなくなったアグリッパ・ポストゥムス(アウグストゥスは祖父であり、養父でもあった)をプラナシア島へ送り、さらに後八年には孫娘のユリアを、母のユリアと同じく奔放すぎる男女関係のゆえに島流しとした。

こういう背景の下で、オウィディウスに追放の処分が下されたのである。なぜこういうことになったのか。詩人自身は、「詩と過ち」が原因であると言っている（『悲しみの歌』第二巻二〇七行）。ここを根拠にして中世以来実にさまざまな原因が推定されてきた。

まず、「詩」のほうである。書かれてから一〇年も経っているという疑問もあるが、これが『恋の技術』であったことはほぼ間違いない。

それでは「過ち」とは何か。諸説出されているが、こちらはよく分からない。イシスの秘儀を侵犯したのだとか、リウィア（アウグストゥスの妃）が入浴しているところを覗き見したためだとか、ユリア（アウグストゥスの孫娘）とデキムス・シラヌスとの姦通を黙認したか共謀したためだとか、アウグストゥスの娘のユリアとの情事があったためだとか、ユリアの情事を偶然見てしまったためだとか、政治的な事件に巻き込まれたためだとか……。

スキャンダルの真相は分からないが、アウグストゥスにとっては理由はなんでもよかったのではなかろうか。アウグストゥスは綱紀粛正をアピールするために「犠牲の山羊」（Ronald Syme）を探していたのだ。それにもっとも相応しいのがオウィディウスに他ならなかった。ウェルギリウス（前七〇―一九年）、ホラティウス（前六五―八年）亡き後、オウィディウスこそローマを代表する詩人であり、民衆の間でも非常に人気が高かったからである。

後八年、オウィディウスは流刑地トミスへと旅立つ。その年、十一月か十二月にブルンディシウム（現ブリンディジ）から船に乗り、途中、コリントス地峡では一時陸に上がるが、それ以外はトラキア地方のテンピュラの町まで海路を辿り、テンピュラから黒海沿岸のテュニアスまでは陸路、そしてまたそこから北進してトミスまで船旅を続けた。約一年かけて流刑地に辿り着いた。この旅の途中から創作をはじめ、『悲しみの歌』第一巻は旅の間に書き上げられ、到着後も書き続けて、『悲しみの歌』全五巻ができあがるわけである。さらに、流刑地では『黒海からの手紙』全四巻も執筆される。その他、呪詛の詩である『イビス』も流刑地で書かれたものである。これらの作品が第三期に相当する。

流刑地での二作品、『悲しみの歌』と『黒海からの手紙』は書簡体の詩で直接的には皇帝とその周辺の人々に対する嘆願の詩であるが、その体裁の中で、詩人は新鮮な驚きの目で自分の身の回りの事柄を歌い込んでいる。なにかエッセイに近いような趣があり、詩人の飾らない声が聞こえてくる。生の自然と現実に直面した詩人にとって、詩はもはやサロンの遊びではなくなった。流刑地のオウィディウスにとっては詩を書くという営為が、すなわち生きるということであったのである。

トミスでオウィディウスはアウグストゥスに詩の形を借りてローマ帰還の嘆願を続けるが、後一四年八月十九日にはアウグストゥス帝が亡くなり、ティベリウスが権力を継承する。さらに詩人は嘆願を続けるが、それもかなわず、ついに辺境の地に骨を埋めることになるのである。後一七年のことであった。

墓碑銘は詩人が生前自ら書いていた（『悲しみの歌』第三巻第三歌）。

ここに眠る私は恋の道の戯作者、
ナーソーと名乗る詩人、自らの才能ゆえに滅びたり。

汝、道行く人よ、かつて恋をしたことがあるならば、声かけることを
惜しむなかれ、「ナーソーの遺骨、安らかに眠りたまえ」と。　（七三―七六行）

「教訓詩」の枠組み

本書に収めたオウィディウスの三作品は、「教訓詩」（英語では、didactic poetry）というジャンルに属する。このジャンルの中で本書の三作品はいかなる特徴をもっているのだろうか。

「教訓詩」というジャンルのはじまりはギリシアのヘシオドス（前八―七世紀）の『仕事と日』にある。農耕教訓詩であり、農業に関する助言に道徳的格言がちりばめられたものであり、ローマではウェルギリウスの『農耕詩』がそれにあたる。

ギリシアではヘシオドスにすぐに続いてジャンルを意識して教訓詩が書かれることはなく、その後継者としては、ヘレニズム期を待たねばならなかった。前三世紀のカリマコスの『縁起譚（アイティア）』がそれである。もっとも、この作品は現存せず、エレゲイア詩であったことを含めていくつか内容に関わることが知られているにすぎない。前三世紀から二世紀にかけて教訓詩の詩人として名を留めている詩人が二人いる。アラトス（前三世紀）は『パイノメナ（星辰譜）』を著わした。これは「アラトスの星座詩」とも呼ばれる天文学の教訓叙事詩である。この本はローマで人気を得て、キケロをはじめとして翻訳がなされたほどであった。一方、ニカンドロス（前二世紀）は『テーリアカ（有毒生物誌）』と『アレクシパルマカ（毒物誌）』を著わ

した。前者は毒蛇などの有毒生物とそれらに咬まれたときの治療法を記しており、後者は植物・鉱物・動物の毒およびそれらに対する解毒剤を説明している。

一方、ローマでは、ルクレティウス（前九九／四―五五／一年）による『事物の本性について』の哲学的教訓詩と、ウェルギリウス（前七〇―一九年）による『農耕詩』の農耕教訓詩をあげることができる。ウェルギリウスはこの作品のゆえに「ローマのヘシオドス」と呼ばれるほどである。

オウィディウスはこの二人の詩人をいわば教訓詩の先蹤としてまたライヴァルとして、よく生きるためには「学ぶ」ということが必要不可欠だという人生観をともにしている。

『恋の技術』第一巻の冒頭は次のような詩行で始まっている。

もしローマの人びとの中で恋の技術を知らない者がいれば、
この詩を読み、読んで知識を得た上で恋するがよい。（一―二行）

詩人は冒頭の詩句でこの詩の枠組みが教訓詩であることを宣言しているわけである。さらに、詩人は自らのことを、「愛神（アモル）の職人」（七行）、「アモルの師」（一七行）と呼び、恋の技術を教える者と設定している。

教訓詩といえば、詩の形をとって、農業、漁業、狩猟、薬、天文学、哲学を教えるものであり、その詩は重厚で、遊びの要素の少ない、極めてまじめなものである。しかも、その韻律は基本的には叙事詩と同じくヘクサメトロス（六歩格）であり、それはギリシア、ローマを問わない。

それに対して、オウィディウスは、他に例を見ない「恋愛の技術を教えること」、また、「恋の病の治療法を伝授すること」を、エレゲイアの詩形を用いて行なったわけである。軽妙で機知に富んだ『恋の技術』と『恋の病の治療』は、この点からだけでも「教訓詩」としては型破りの詩であると言える。特にこの二作品のペアーは、オウィディウスがニカンドロスの『テーリアカ』と『アレクシパルマカ』のペアーを意識していたのではないかと推測されてもいる。

オウィディウスはこの三作品以外に「教訓詩」として『祭暦』（エレゲイア詩形を使用）を著わしている。冒頭の二行は次のようである。

ラティウムの一年を通して配分された暦とその縁起、
そして、大地に没し、また昇る星々を、私は歌う。

『祭暦』を『恋の技術』、『恋の病の治療』と比較すれば、『祭暦』が伝統的な教訓詩であり、『恋の技術』と『恋の病の治療』は教訓詩のパロディーとも言える作品であることが明らかになるだろう。

ローマの教訓詩の詩人としてはオウィディウスとほぼ同時代にマルクス・マニリウスという詩人もいた。彼の『アストロノミカ』（全五巻）というヘクサメトロスによる占星術の教訓詩は現存している。また、やはりアウグストゥス帝時代にオウィディウスの知人であるグラッティウスも教訓詩人として知られていて、その狩猟に関するヘクサメトロスによる『狩猟論』（特に犬の飼育・管理法に詳しい）は、五四一行が現存している。

付け加えておかなければならないのは、ローマにはこういう教訓詩のほかに、これらよりも技術を前面に押し出した「ハウ・ツー」ものの詩もあり、オウィディウスもそれらを意識していたことである。詩人の『悲しみの歌』第二巻四七一―四九二行に言及されている詩は、サイコロ遊び、球技、水泳術、輪回しの術、化粧法、宴会と客のもてなし方、料理法などの詩である。本書に収められている三作品の中では、『女の化粧法』が、これらの詩に最も近い。

『恋の技術（*Ars Amatoria*）』

全三巻のうち、男のために書かれた第一巻、第二巻は前二年秋に公刊され、女のために書かれた第三巻は後二年に公刊された。男と女の心理に対する洞察には鋭いものがあり、また、この本の人気の高さはポンペイの壁に残された落書きが雄弁に証明してくれるし、ゲーテにも愛読されたと言われている。

第一巻

プロローグ（一―三四行）で、なにごとでも技術が大事であり、恋においてもその例外ではないと述べた後で、恋の過程をこう説明する。

まず愛したいと思う相手を見つけるよう努めよ、
　今初めて君は新しい戦いに兵士として挑んでいる。

次になすべきは気に入った女性を口説き落とすことだ。

三番目には恋が長時間続くようにすること。（三五―三八行）

この過程に則って、まずは恋愛対象を見つける場所を詩人は提示する。ポンペイウスの柱廊、オクタウィアの柱廊、リウィアの柱廊、ダナオスの娘たちの柱廊、メンピスの神殿、法廷。続けてオウィディウスは劇場を薦める。「彼女たちは芝居を見るために来ているのだが、自分自身が見られるためにも来ているのだ」（九九行）。この部分には、「サビニの女たちの略奪」（一〇一―一三四行）のエピソードが加えられている。リストはまだまだ続く。戦車競争場、剣闘士の闘技場、凱旋式、宴会等々。そして、場所の提示の後は、

今度は気に入った女をどういう技でつかまえるべきかという、

特別な技術の必要な仕事を君に話すことにしよう。（二六五―二六六行）

ここからは三段階の準備段階があることが述べられる。

第一段階（二六九―三五〇行）。「すべての女がきっとつかまるのだと、君の心に自信をもつようにすること」（二六九―二七〇行）と述べたのちに、神話の中の女性の行動を列挙し、「多くの女の中で君に向かっていやと言う女はまず一人もいないだろう」（三四四行）と男のほうからの積極的な働きかけを促す。

続く第二段階（三五一―三九八行）では、行動する前に女主人の小間使いをてなずけておくことが重要だと「技術」を教示する。

第三段階（三九九―四三六行）では、時期を選ぶことが大事であることが述べられる。この部分はヘシオド

スの『仕事と日』七六五―八二八行の影響を受けているのではないかと考えられている。四三七行にいたってようやく準備段階は終了し、本番に入る。まずは手紙を書くこと。その内容、文体を十分に吟味する必要がある。手紙を出して、彼女の反応には三通りある。一、開けもしないで送り返してくる。二、読んでも返事しない。三、返事はするが、自分を困らせないようにと懇願する手紙が来る。

次に、近づく手立てを考え、身だしなみに注意し、宴席に参加する。オウィディウスは次々に「技術」を神話の範例をひきながら具体例とともに教示してくれる。

最後に、叙述の展開を船の航海にたとえて次のように述べて、第一巻を締めくくっている。

　私の企ての一部は残っているが、仕事の一部はやり終えた。
　　ここらあたりで錨を投じてわが船を留めることにしよう。

（七七一―七七二行）

第二巻

第二巻では罠にかかった獲物をいかに自分のものとして引き留められるかが説かれる。第一巻に引き続き、船の航海にたとえて、詩人はこう語りかける。

　若者よ、どうして急ぐ必要があるのだ。君の船は大海の真ん中を
　　進んでいて、私の目指す港はまだまだ遠い。

（九―一〇行）

「詩人たる私の導きで君が女を手に入れただけでは十分ではない。わが技術で獲得された女を、わが技術で引き留めておかねばならぬ。手に入れたものを守りとおすには、求めるのに劣らず勇気がいる。求めるのには偶然ということもあるが、守るには技術が必要である」（一一―一四行）。

技術の重要性に触れたのち、ダイダロスとイカロスの翼の発明という「技術」によるクレタ王ミノスからの脱出の話が展開される（二一―九六行）。しかし、興味深いことに、オウィディウスは、魔術や薬草、媚薬、催淫剤の類いに頼ることは厳に慎むべきことを忠告する（九九―一〇八、四一五―四一九行）。

次に「愛の教師（praeceptor amandi）」（一六一行）として、詩人は、精神を鍛え、「寛容」を養うことを教示する。

ウェヌスとマルスの不義密通（五六一―五九二行）を例に出し、密通は隠すように、また、罠を仕掛けるということはしないことと説き、「女の欠点を悪く言うのは控えるがよい」との忠告がなされる。

最後に、詩人は、「誰であれ、わが剣でアマゾンを倒した者は、その戦利品にこう書きつけてくれたまえ、『ナーソーがわが師であった』と」と述べ、次のように締めくくっている。

見よ、若い女の子たちが教えを授けてもらいたいと請願している。
　君たちのことだよ、次に私の詩が歌おうとしているのは。

第三巻

第三巻は女に対する恋の技術の教示である。まるで敵に塩を送るようなものだが、「女たちが武装した男たちと丸腰で戦うのは公平ではない」（五行）。

これまで男に騙された女は数知れないが、それは彼女たちに恋愛術が欠けていた（defuit ars uobis）ために他ならない。そこでオウィディウスは「身だしなみ（cultus）」のことから忠告を始める。髪型、衣装の色、化粧、化粧品、欠点の隠し方、さらに魅力的に見えるようにする技術、話し方、歩き方、歌い方、竪琴。

教養として読んでおくべき詩人たち――カリマコス、ピレタス、アナクレオン、サッポー、メナンドロス、プロペルティウス、ガルス、ティブルス、ウァロ、ウェルギリウス――が挙げられ、オウィディウスは自分の名前も入れておくことを忘れない。

次に、ゲーム、散歩、劇場、闘技場、戦車競争場。騙されないようにするために避けるべき男、男からの手紙の読み方、手紙の書き方、感情の表現、恋人への対処の仕方、見張り番、恋仇。恋仇に関しては、プロクリスの悲劇が紹介されている（六八三―七四六行）。最後に、宴席での注意事項と、「これから先は教えるのが恥ずかしいのだが」と断った上で、性交体位と寝室での振る舞い方を教示して、次のように述べて締めくくっている。

かつて若者たちにそうしたように、今度も私のもとに集まってきた
　女たちよ、戦利品にこう書くがよい、「ナーソーが師匠でした」と。

『恋の病の治療（*Remedia Amoris*）』

『恋の技術』は出版されて好評を得たが、一方では批判（「つい最近のことだが、ある人が私の詩集にかみついてきて、私の詩女神が淫らだと烙印を押してきた」『恋の病の治療』三六一―三六二行）も受けた。その批判に答えるべく本作品は後二年か三年に公刊され、『恋の技術』の続篇で、クピドに対する挑戦の詩であり、いかにすれば恋の病から治ることが可能かを教えてくれる。

恋の病（あるいは狂気）からいかにすれば抜け出せるかというテーマは、オウィディウス以前にも、たとえば、ルクレティウス『事物の本性について』第四巻とか、キケロの『トゥスクルム荘対談集』（第四巻七四―七六）にも見られるところで、オウィディウスの頭の片隅にはこれらがあっただろうと考えられる。

恋を成就させる技術を反転させれば恋の病の治療になると期待できるが、ある研究者によると、『恋の技術』の四二の技術のうち、反転させてここで提案されているのは一六にすぎないということである。また、単なるハウ・ツー本の単調さに陥らないように、『恋の技術』と同様に『恋の病の治療』でも、脱線がいくつかあり、それが読者の興味を捕らえて放さない工夫になっている。たとえば、田園と耕作の楽しみ（一六九行以下）とか、キルケとオデュッセウスのエピソード（二六三行以下）とか、ピュリスのエピソード（五九一行以下）がそれにあたる。

冒頭、アモル（クピド）の非難に対して、詩人は弁明し、「いかなる技術でアモルが獲得できるかを私は教えた」（九行）が、今度は、恋の病にとりつかれて、身を滅ぼす者が出てきたので本作品を著わしたのだと言う。

裏切られた若者たちよ、私の教えを乞いに来たまえ、
自らの恋にすっかり絶望した者たちよ。
諸君が恋する術を学んだこの私から、癒やされ方も学ぶがよい、
この同じ手が諸君に傷も救いももたらすだろう。
（四一―四四行）

自らを「詩人であり医師（uates et medens）」（七七行）と呼ぶオウィディウスは次々と処方箋を出していく。早期発見、早期治療が重要で、まず、暇をつくらぬようにして仕事に精を出すこと。田舎で耕作、狩猟、魚釣り、遠くへ旅に出ること。『恋の技術』でもそうであったが、詩人は魔術や毒薬や呪文に頼ることを薦めない。

また、「性悪女の数々の所業を何度も思い返し、受けた損害すべてを眼前に思い浮かべよ」（二九九―三〇〇行）。惚れた女の欠点をたえず考えるというのも治療法の一つである。

ふくよかな女は「デブ」、浅黒ければ「真っ黒」と呼ぶがよい。
ほっそりしていれば「痩せ」が非難の言葉になりうる。
質朴でない女は「気取っている」と呼ばれるだろうし、
正直な女なら「田舎くさい」と呼ばれるだろう。
（三二七―三三〇行）

『恋の技術』では逆に欠点を美点にする（「『浅黒い』と呼ぶがよい、イリュリア産の瀝青よりもその血が黒い女には」第二巻六五七―六五八行。「やせこけて元気のない女には『すらりとしている』と言えばよい。背が低い女であれば『きびきびしている』、太った女には『ふくよかな』と言う」第二巻六六〇―六六一行）。

恋の病の治療にはセックスのやり方にも一工夫必要である。さらに詩人は神話・伝説のさまざまな事例を引用しながら、二人あるいはそれ以上に恋人をもって、関心を分散させて恋心を鎮めるとか、さまざまな治療法、技術を伝授する。最後に「どういう食物を避け、どういう食物を摂るべきか」が示され、エピローグとなる。

これで私の仕事は終わり。疲れた船に花輪を捧げてくれたまえ。
われわれは航海の目的地だった港に到着した。
このあと、聖なる詩人に敬虔なる誓いを立ててくれたまえ、
男であれ、女であれ、私の詩歌によって恋の病が治った人は。
（八一一―八一四行）

『女の化粧法（*Medicamina Faciei Femineae*）』

この作品はオウィディウスの教訓詩の最初の作品だと考えられている。詩人としての経歴の初期に書かれたものという説もあるが、『愛の歌』、『名婦の書簡』の後で『恋の技術』の直前に書かれたものとするのが一般的である。『恋の技術』、『恋の病の治療』に先立つ試行的作品とも考えられる。

現存するのは一〇〇行のみであり、これでこの作品の全体とは言いがたく、より長い作品の断片と考えられる。オウィディウスの『恋の技術』や『恋の病の治療』のように、本来は八〇〇行ぐらいの作品であったとの説もあるが、彼自身が本作品を「小著」（『恋の技術』第三巻二〇六行）と呼んでいるので、この説は説得

力に欠ける。むしろ、教訓詩としては同一ジャンルに属するウェルギリウスの『農耕詩』第一歌（五一四行）と比較して、第一歌の序文に相当する部分が四二行なので、『女の化粧法』も五〇〇行ぐらいあったのではないかと推測されている。

作品は、導入部（一―五〇行）と実用的な教科書風の部分（五一―一〇〇行）で構成されている。まず導入部を見てみることにする。

冒頭でこの作品の主題が示される。

学ぶがよい、女たちよ、いかなる手入れが容貌を美しくして、
いかにすれば君たちの美貌を保つことができるかを。（一―二行）

ウェルギリウスの『農耕詩』の冒頭部分、あるいは、オウィディウスの『恋の技術』の冒頭部分をすぐにも想起させる部分であり、ここでの鍵となる言葉は「手入れ（cura）」、つまり「化粧」である。続く一〇行は、本来教訓詩のテーマの一つだった「農業」の「手入れ（cultus）」が述べられており、『農耕詩』との関連が強く、その影響をうかがわせるものである。

手入れが、不毛の土地にケレスの贈り物を産むよう
命じたし、また、棘のあるイバラをなくすよう命じたのだ。
手入れが、果実の酸っぱい汁を甘くし、
樹を裂いて接ぎ木をすると、樹は接ぎ木の富を得る。
手を入れられたものは喜びを与える。（三―七行）

「手を入れられたもの（culta）」（七行）、さらに「サビニ族の女たちは、自分の手入れをするよりは父祖伝来の畑の手入れをするほうを好んだのだろう」（一一―一二行）における「手入れをする（coli）」という具合に、colo「耕す、手入れをする」とその派生語が、本作品の教訓詩の性格を明らかにしているとともに、ウェルギリウス『農耕詩』の影響を示唆してもいる。

一一行から二五行までは、昔の女たちと比べて当代の女たちは身だしなみに熱心であり、男たちもその例外ではないことを述べ、二六行から五〇行で美しくすることは悪くはないが、魔術などに頼ることはよくないこと、振る舞いのよさ、性格のよさが重要であることを述べて、序論を終えている。

五一行からは、いよいよ美顔術のレシピーが始まり、五つのスキンケアーの方法を実用書のように述べている。レシピーをエレゲイアの韻律で書くというのは、オウィディウスにとって挑戦と言えるものであったかもしれない。

翻訳について

本書に収める三作品のうち、邦訳に関して言うと、『恋の技術』には樋口訳、藤井訳、沓掛訳があり、『恋の病の治療』には藤井訳、小林訳があるが、『女の化粧法』は本邦初訳である。拙訳にあたって、いくつかの箇所でこれらの既訳を参考にさせていただいたこと、この場を借りてお礼申し上げたい。本書の三作品すべてエレゲイア詩形で書かれているが、これらの既訳はすべて散文訳である。

韻文を日本語に移す場合、五七調あるいは七五調にして韻文であることを強調するやりかたもあるが、これを行なうと日本語に制約をかけるあまり原文の趣を大いに損なうおそれがあるので、拙訳にあたって、この方法はとらなかった。しかし、散文訳にするにしても、原文の雰囲気は訳文に反映させたいと考え、いくつかの工夫を施した。

エレゲイア詩形は、凡例でも示したが、ヘクサメトロスとペンタメトロスの二行でカプレットを構成し、これが繰り返されるのがこの詩形である。そこで、原文のラテン語の行を原則として日本語の翻訳の行にあわせる試みを行なった。古代ローマ人が詩を聞き、あるいは、読んでイメージを展開していく過程を日本語でなぞりたいと考えたからである。

たとえば、「私はギリシア人にアマゾン族攻撃の武器を与えた。ペンテシレイアよ、そなたとそなたの軍勢に私が与えねばならない武器がまだ残っている」(『恋の技術』第三巻一―二行)を次のように翻訳した。

私はギリシア人にアマゾン族攻撃の武器を与えた。まだ残っている
武器は、ペンテシレイアよ、そなたとそなたの軍勢に与えよう。

Arma dedi Danais in Amazonas; arma supersunt
quae tibi dem et turmae, Penthesilea, tuae.

一行で完全に対応できない場合には、少なくとも原文のカプレットにおける意味のまとまりを訳文の二行で対応させることにした。

また、カプレットのヘクサメトロスとペンタメトロスに合わせて、ペンタメトロスの訳はヘクサメトロス

の訳から一字落として翻訳することにしたのも工夫の一つであった。

最後に、本書翻訳の機会を与えて頂いた中務哲郎京都大学名誉教授と面倒な索引作成をひきうけて頂いた京都大学学術出版会の和田利博氏にこの場を借りてお礼申し上げる。

主要参考文献

校本（底本を除く）・註釈・翻訳

Bornecque, H., *Ovide: Les remèdes à l'amour; Les produits de beauté pour le visage de la femme*, Paris, 1961.
Bornecque, H., *Ovide: L'art d'aimer*, Paris, 1967.
Gibson, R. K., *Ovid: Ars Amatoria Book 3*, Cambridge, 2003.
Hollis, A. S., *Ovid: Ars Amatoria Book I*, Oxford, 1977.
Humphries, R., *Ovid: The Art of Love*, Bloomington, 1957.
Mozley, J. H., *Ovid: The Art of Love, and Other Poems*, London, 1929, 1962.
沓掛良彦訳、オウィディウス『恋愛指南』岩波書店、二〇〇八年。
小林標訳、オウィディウス『恋の療治』『ユークロニア』同人、一九七四年。
樋口勝彦訳、オウィディウス『恋の技法』平凡社、一九九五年。
藤井昇訳、オウィディウス『恋の手ほどき／惚れた病の治療法』わらび書房、一九八四年。

研究書

Binns, J. W. (ed.), *Ovid*, London and Boston, 1973.

Boyd, B. W. (ed.), *Brill's Companion to Ovid*, Leiden, 2012.

Hardie, P. (ed.), *The Cambridge Companion to Ovid*, Cambridge, 2002.

Mack, S., *Ovid*, New Haven and London, 1988.

Knox, P. E. (ed.), *A Companion to Ovid*, Chichester, 2009.

Syme, R., *The Roman Revolution*, Oxford, 1939, 1960.

Syme, R., *History in Ovid*, Oxford, 1978.

Thibault, J. C., *The Mystery of Ovid' Exile*, Berkeley and Los Angeles, 1964.

Wilkinson, L. P., *Ovid Recalled*, Cambridge, 1955.

その他

石田かおり『化粧せずには生きられない人間の歴史』講談社、二〇〇〇年。

伊藤照夫訳、アラトス／ニカンドロス／オッピアノス『ギリシア教訓叙事詩集』京都大学学術出版会、二〇〇七年。

木村健治訳、オウィディウス『悲しみの歌／黒海からの手紙』京都大学学術出版会、一九九八年。

木村健治「オウィディウスの魅力」月報（高橋宏幸訳、オウィディウス『変身物語1』京都大学学術出版会、二〇一九年所収）。

グリマル（ピエール・）（北野徹訳）『古代ローマの日常生活』白水社、二〇〇五年。

高津春繁『ギリシア・ローマ神話辞典』岩波書店、一九六〇年。

高橋宏幸訳、オウィディウス『祭暦』国文社、一九九四年。

高橋宏幸訳、オウィディウス『変身物語1』京都大学学術出版会、二〇一九年。

高橋宏幸訳、オウィディウス『ヘーローイデス』平凡社、二〇二〇年。

高橋宏幸訳、オウィディウス『変身物語2』京都大学学術出版会、二〇二〇年。

松原國師『西洋古典学事典』京都大学学術出版会、二〇一〇年。

固有名詞索引

略号：*A.* ＝『恋の技術』、*R.* ＝『恋の病の治療』、*M.* ＝『女の化粧法』。
ローマ数字の小文字は巻数、アラビア数字は訳文の行数を表わす。（　）は訳文にあって原文にはないことを示し、→は併せ参照を意味する。

ア　行

カ　行

サ　行

タ　行

ナ　行

ハ　行

マ　行

ヤ　行

ラ　行

訳者略歴

木村健治（きむら　けんじ）

大阪大学名誉教授
一九四六年　京都府生まれ
一九七一年　京都大学大学院修士課程修了
一九七五年　ミシガン大学大学院修士課程修了
一九七六年　京都大学大学院博士課程単位取得退学
大阪樟蔭女子大学講師、助教授、大阪大学助教授、教授を経て
二〇一〇年　大阪大学定年退職
二〇一三―二〇一七年　大阪人間科学大学学長

主な著訳書
『ラテン文学を学ぶ人のために』（共著、世界思想社）
セネカ『悲劇集2』（共訳、京都大学学術出版会）
『言語文化学概論』（共編著、大阪大学出版会）
オウィディウス『悲しみの歌／黒海からの手紙』（京都大学学術出版会）
『批評の現在』（共著、和泉書院）
『ローマ喜劇集1・3・5』（共訳、京都大学学術出版会）
『キケロー選集12』（共訳、岩波書店）
『言語文化学への招待』（共編著、大阪大学出版会）
『ギリシア喜劇全集・別巻』（共著、岩波書店）

恋《こい》の技術《ぎじゅつ》／恋《こい》の病《やまい》の治療《ちりょう》／女《おんな》の化粧法《けしょうほう》
西洋古典叢書　2021第2回配本

二〇二一年七月十五日　初版第一刷発行

訳者　木《き》村《むら》健《けん》治《じ》
発行者　末原達郎
発行所　京都大学学術出版会
606-8315 京都市左京区吉田近衛町六九　京都大学吉田南構内
電話　〇七五-七六一-六一八二
FAX　〇七五-七六一-六一九〇
http://www.kyoto-up.or.jp/
印刷／製本・亜細亜印刷株式会社

ISBN978-4-8140-0347-1
定価はカバーに表示してあります

4　沓掛良彦訳　4900円
ホメロス外典／叙事詩逸文集　中務哲郎訳　4200円

【ローマ古典篇】
アウルス・ゲッリウス　アッティカの夜（全2冊）
1　大西英文訳　4000円
アンミアヌス・マルケリヌス　ローマ帝政の歴史（全3冊）
1　山沢孝至訳　3800円
ウェルギリウス　アエネーイス　岡　道男・高橋宏幸訳　4900円
ウェルギリウス　牧歌／農耕詩　小川正廣訳　2800円
ウェレイユス・パテルクルス　ローマ世界の歴史　西田卓生・高橋宏幸訳　2800円
オウィディウス　悲しみの歌／黒海からの手紙　木村健治訳　3800円
オウィディウス　変身物語（全2冊・完結）
1　高橋宏幸訳　3900円
2　高橋宏幸訳　3700円
カルキディウス　プラトン『ティマイオス』註解　土屋睦廣訳　4500円
クインティリアヌス　弁論家の教育（全5冊）
1　森谷宇一・戸高和弘・渡辺浩司・伊達立晶訳　2800円
2　森谷宇一・戸高和弘・渡辺浩司・伊達立晶訳　3500円
3　森谷宇一・戸高和弘・吉田俊一郎訳　3500円
4　森谷宇一・戸高和弘・伊達立晶・吉田俊一郎訳　3400円
クルティウス・ルフス　アレクサンドロス大王伝　谷栄一郎・上村健二訳　4200円
スパルティアヌス他　ローマ皇帝群像（全4冊・完結）
1　南川高志訳　3000円
2　桑山由文・井上文則・南川高志訳　3400円
3　桑山由文・井上文則訳　3500円
4　井上文則訳　3700円
セネカ　悲劇集（全2冊・完結）
1　小川正廣・高橋宏幸・大西英文・小林　標訳　3800円
2　岩崎　務・大西英文・宮城徳也・竹中康雄・木村健治訳　4000円
トログス／ユスティヌス抄録　地中海世界史　合阪　學訳　4000円
ヒュギヌス　神話伝説集　五之治昌比呂訳　4200円
プラウトゥス／テレンティウス　ローマ喜劇集（全5冊・完結）
1　木村健治・宮城徳也・五之治昌比呂・小川正廣・竹中康雄訳　4500円
2　山下太郎・岩谷　智・小川正廣・五之治昌比呂・岩崎　務訳　4200円
3　木村健治・岩谷　智・竹中康雄・山澤孝至訳　4700円
4　高橋宏幸・小林　標・上村健二・宮城徳也・藤谷道夫訳　4700円
5　木村健治・城江良和・谷栄一郎・高橋宏幸・上村健二・山下太郎訳　4900円
リウィウス　ローマ建国以来の歴史（全14冊）
1　岩谷　智訳　3100円
2　岩谷　智訳　4000円
3　毛利　晶訳　3100円
4　毛利　晶訳　3400円
5　安井　萠訳　2900円
6　安井　萠訳　3500円
9　吉村忠典・小池和子訳　3100円

プラトン　饗宴／パイドン　朴　一功訳　　4300 円
プラトン　パイドロス　脇條靖弘訳　　3100 円
プラトン　ピレボス　山田道夫訳　　3200 円
プルタルコス　英雄伝（全 6 冊）
1　柳沼重剛訳　　3900 円
2　柳沼重剛訳　　3800 円
3　柳沼重剛訳　　3900 円
4　城江良和訳　　4600 円
5　城江良和訳　　5000 円
プルタルコス　モラリア（全 14 冊・完結）
1　瀬口昌久訳　　3400 円
2　瀬口昌久訳　　3300 円
3　松本仁助訳　　3700 円
4　伊藤照夫訳　　3700 円
5　丸橋　裕訳　　3700 円
6　戸塚七郎訳　　3400 円
7　田中龍山訳　　3700 円
8　松本仁助訳　　4200 円
9　伊藤照夫訳　　3400 円
10　伊藤照夫訳　　2800 円
11　三浦　要訳　　2800 円
12　三浦　要・中村　健・和田利博訳　　3600 円
13　戸塚七郎訳　　3400 円
14　戸塚七郎訳　　3000 円
プルタルコス／ヘラクレイトス　古代ホメロス論集　内田次信訳　　3800 円
プロコピオス　秘史　和田　廣訳　　3400 円
ヘシオドス　全作品　中務哲郎訳　　4600 円
ポリュビオス　歴史（全 4 冊・完結）
1　城江良和訳　　3700 円
2　城江良和訳　　3900 円
3　城江良和訳　　4700 円
4　城江良和訳　　4300 円
ポルピュリオス　ピタゴラス伝／マルケラへの手紙／ガウロス宛書簡　山田道夫訳　　2800 円
マルクス・アウレリウス　自省録　水地宗明訳　　3200 円
リバニオス　書簡集（全 3 冊）
1　田中　創訳　　5000 円
2　田中　創訳　　5000 円
リュシアス　弁論集　細井敦子・桜井万里子・安部素子訳　　4200 円
ルキアノス　全集（全 8 冊）
3　食客　丹下和彦訳　　3400 円
4　偽預言者アレクサンドロス　内田次信・戸高和弘・渡辺浩司訳　　3500 円
ロンギノス／ディオニュシオス　古代文芸論集　木曽明子・戸高和弘訳　　4600 円
ギリシア詞華集（全 4 冊・完結）
1　沓掛良彦訳　　4700 円
2　沓掛良彦訳　　4700 円
3　沓掛良彦訳　　5500 円

クセノポン　ギリシア史（全2冊・完結）
1　根本英世訳　2800円
2　根本英世訳　3000円
クセノポン　小品集　松本仁助訳　3200円
クセノポン　ソクラテス言行録（全2冊）
1　内山勝利訳　3200円
クテシアス　ペルシア史／インド誌　阿部拓児訳　3600円
セクストス・エンペイリコス　学者たちへの論駁（全3冊・完結）
1　金山弥平・金山万里子訳　3600円
2　金山弥平・金山万里子訳　4400円
3　金山弥平・金山万里子訳　4600円
セクストス・エンペイリコス　ピュロン主義哲学の概要　金山弥平・金山万里子訳　3800円
ゼノン／クリュシッポス他　初期ストア派断片集（全5冊・完結）
1　中川純男訳　3600円
2　水落健治・山口義久訳　4800円
3　山口義久訳　4200円
4　中川純男・山口義久訳　3500円
5　中川純男・山口義久訳　3500円
ディオニュシオス／デメトリオス　修辞学論集　木曽明子・戸高和弘・渡辺浩司訳　4600円
ディオン・クリュソストモス　弁論集（全6冊）
1　王政論　内田次信訳　3200円
2　トロイア陥落せず　内田次信訳　3300円
テオグニス他　エレゲイア詩集　西村賀子訳　3800円
テオクリトス　牧歌　古澤ゆう子訳　3000円
テオプラストス　植物誌（全3冊）
1　小川洋子訳　4700円
2　小川洋子訳　5000円
デモステネス　弁論集（全7冊）
1　加来彰俊・北嶋美雪・杉山晃太郎・田中美知太郎・北野雅弘訳　5000円
2　木曽明子訳　4500円
3　北嶋美雪・木曽明子・杉山晃太郎訳　3600円
4　木曽明子・杉山晃太郎訳　3600円
5　杉山晃太郎・木曽明子・葛西康徳・北野雅弘・吉武純夫訳・解説　5000円
6　佐藤　昇・木曽明子・吉武純夫・平田松吾・半田勝彦訳　5200円
トゥキュディデス　歴史（全2冊・完結）
1　藤縄謙三訳　4200円
2　城江良和訳　4400円
パウサニアス　ギリシア案内記（全5冊）
2　周藤芳幸訳　3500円
ピロストラトス／エウナピオス　哲学者・ソフィスト列伝　戸塚七郎・金子佳司訳　3700円
ピロストラトス　テュアナのアポロニオス伝（全2冊）
1　秦　剛平訳　3700円
ピンダロス　祝勝歌集／断片選　内田次信訳　4400円
フィロン　フラックスへの反論／ガイウスへの使節　秦　剛平訳　3200円
プラトン　エウテュデモス／クレイトポン　朴　一功訳　2800円
プラトン　エウテュプロン／ソクラテスの弁明／クリトン　朴　一功・西尾浩二訳　3000円

西洋古典叢書 [第 I ～ IV 期、2011 ～ 2020] 既刊全 149 冊（税別）

【ギリシア古典篇】

アイスキネス　弁論集　木曽明子訳　4200 円
アイリアノス　動物奇譚集（全 2 冊・完結）
　1　中務哲郎訳　4100 円
　2　中務哲郎訳　3900 円
アキレウス・タティオス　レウキッペとクレイトポン　中谷彩一郎訳　3100 円
アテナイオス　食卓の賢人たち（全 5 冊・完結）
　1　柳沼重剛訳　3800 円
　2　柳沼重剛訳　3800 円
　3　柳沼重剛訳　4000 円
　4　柳沼重剛訳　3800 円
　5　柳沼重剛訳　4000 円
アポロニオス・ロディオス　アルゴナウティカ　堀川　宏訳　3900 円
アラトス／ニカンドロス／オッピアノス　ギリシア教訓叙事詩集　伊藤照夫訳　4300 円
アリストクセノス／プトレマイオス　古代音楽論集　山本建郎訳　3600 円
アリストテレス　政治学　牛田徳子訳　4200 円
アリストテレス　生成と消滅について　池田康男訳　3100 円
アリストテレス　魂について　中畑正志訳　3200 円
アリストテレス　天について　池田康男訳　3000 円
アリストテレス　動物部分論他　坂下浩司訳　4500 円
アリストテレス　トピカ　池田康男訳　3800 円
アリストテレス　ニコマコス倫理学　朴　一功訳　4700 円
アルクマン他　ギリシア合唱抒情詩集　丹下和彦訳　4500 円
アルビノス他　プラトン哲学入門　中畑正志編　4100 円
アンティポン／アンドキデス　弁論集　高畠純夫訳　3700 円
イアンブリコス　ピタゴラス的生き方　水地宗明訳　3600 円
イソクラテス　弁論集（全 2 冊・完結）
　1　小池澄夫訳　3200 円
　2　小池澄夫訳　3600 円
エウセビオス　コンスタンティヌスの生涯　秦　剛平訳　3700 円
エウリピデス　悲劇全集（全 5 冊・完結）
　1　丹下和彦訳　4200 円
　2　丹下和彦訳　4200 円
　3　丹下和彦訳　4600 円
　4　丹下和彦訳　4800 円
　5　丹下和彦訳　4100 円
ガレノス　解剖学論集　坂井建雄・池田黎太郎・澤井　直訳　3100 円
ガレノス　自然の機能について　種山恭子訳　3000 円
ガレノス　身体諸部分の用途について（全 4 冊）
　1　坂井建雄・池田黎太郎・澤井　直訳　2800 円
ガレノス　ヒッポクラテスとプラトンの学説（全 2 冊）
　1　内山勝利・木原志乃訳　3200 円
クイントス・スミュルナイオス　ホメロス後日譚　北見紀子訳　4900 円
クセノポン　キュロスの教育　松本仁助訳　3600 円